Virginia Woolf

Entre os atos

Virginia Woolf

Entre os atos

TRADUÇÃO E NOTAS
Tomaz Tadeu

POSFÁCIO
Ayako Yoshino

autêntica

Era uma noite de verão e eles estavam na sala de estar, as janelas abertas para o jardim, conversando sobre a fossa sanitária. O Conselho do Condado prometera trazer água para o vilarejo, mas não trouxera.

A sra. Haines, a esposa do fidalgo rural, uma mulher com cara de ganso, olhos esbugalhados, como se vissem alguma coisa gorgolejar na sarjeta, disse afetadamente: "Que assunto para se falar numa noite como esta!"

Então fez-se silêncio; e uma vaca tossiu; e isso a levou a dizer como era estranho aquilo: quando criança nunca tivera medo de vacas, só de cavalos. Mas então, quando criancinha, num carrinho de bebê, um enorme cavalo de tiro passara raspando a dois dedos de seu rosto. Sua família, disse ela para o velho sentado na poltrona, vivera perto de Liskeard por muitos séculos. Havia as sepulturas no cemitério da igreja para prová-lo.

Um pássaro gorjeava lá fora. "Um rouxinol?", perguntou a sra. Haines. Não, os rouxinóis não chegavam tão longe assim ao norte. Era um pássaro diurno, gorjeando, até mesmo quando dormia, pela substância e suculência do dia, pelas minhocas, pelas lesmas, pelos pedregulhos.

O velho na poltrona – o sr. Oliver, do Departamento Civil da Índia, aposentado – disse que o local que tinham escolhido para a fossa sanitária ficava, se ouvira bem, na estrada romana. De um aeroplano, disse ele, ainda se podiam ver, claramente visíveis, as cicatrizes deixadas pelos bretões; pelos romanos; pelo solar elisabetano; e pelo arado, quando aravam a colina para cultivar trigo durante as guerras napoleônicas.

"Mas o senhor não se lembra...", começou a sra. Haines. Não, não aquilo. Mas ele ainda se lembrava − e estava a ponto de dizer-lhes de quê, quando se ouviu um som lá fora, e Isa, a mulher de seu filho, com o cabelo em tranças, entrou; ela vestia um roupão estampado com pavões descoloridos. Entrou como um cisne singrando as águas; então se deu conta e parou; ficou surpresa por encontrar gente ali; e as luzes acesas. Estivera cuidando de seu menininho que não estava bem, desculpou-se. De que estavam falando?

"Discutindo a fossa", disse o sr. Oliver.

"Que assunto para se falar numa noite como esta!", exclamou a sra. Haines novamente.

O que dissera *ele* sobre a fossa; ou, na verdade, sobre qualquer coisa?, perguntava-se Isa, inclinando a cabeça na direção do fidalgo rural, Rupert Haines. Ela o encontrara numa quermesse; e numa partida de tênis. Ele lhe entregara uma xícara e uma raquete − isso era tudo. Mas em seu devastado rosto ela sempre via mistério; e em seu silêncio, paixão. Na partida de tênis, ela vira isso, e na quermesse. Agora, pela terceira vez, quem sabe ainda mais intensamente, ela via isso de novo.

"Recordo-me", interrompeu o velho, "de minha mãe...." De sua mãe ele se recordava de que ela era muito robusta; mantinha seu pote de chá trancado; mas lhe dera, naquele mesmo quarto, um livro de Byron. Foi há mais de sessenta anos, ele lhes disse, que sua mãe lhe dera as obras de Byron naquele mesmo quarto. Ele fez uma pausa.

"Ela passeia envolta em beleza como a noite", citou ele. Depois de novo:

"Assim não mais vagaremos ao olhar da lua."

Isa ergueu a cabeça. As palavras formavam dois anéis, dois anéis perfeitos, que faziam com que flutuassem, ela e Haines, como dois cisnes ao sabor da correnteza. Mas o peito dele, branco como a neve, estava envolto num emaranhado de lentilhas d'água sujas; e ela também, com seus pés palmípedes, estava emaranhada pelo marido, o corretor de valores. Sentada em sua cadeira de três cantos, ela se remexia, com as tranças negras caídas e o corpo, como linho, num roupão desbotado.

A sra. Haines estava consciente da emoção que os envolvia, excluindo-a. Ela esperou, como se espera, antes de sair da igreja, que se extingam os acordes de um órgão. No carro, ao voltar para casa, para sua *villa* vermelha nos trigais, ela destruiria, tal como um tordo arranca as asas de uma borboleta, essa emoção. Tendo esperado dez segundos antes de intervir, ela se levantou; e então, como se tivesse ouvido o último acorde se extinguir, ofereceu a mão à sra. Giles Oliver.

Mas Isa, embora devesse ter se levantado no mesmo instante em que a sra. Haines se levantara, permaneceu sentada. A sra. Haines, fulminando-a com seus olhos de ganso, gorgolejou: "Por favor, sra. Giles Oliver, faça-me a gentileza de reconhecer minha existência...", o que ela foi obrigada a fazer, erguendo-se finalmente da cadeira, em seu roupão desbotado, com as tranças caindo-lhe pelos ombros.

Pointz Hall, vista à luz da manhã do começo do verão, parecia ser uma casa de tamanho médio. Não fazia parte das casas que constam dos guias turísticos. Era singela. Mas essa casa esbranquiçada, com o telhado cinza e com a parte lateral prolongando-se em ângulo reto, situada, desafortunadamente, na parte baixa da campina, com uma franja de árvores no declive acima dela, de forma que a fumaça se enovelava em direção aos ninhos das gralhas, era uma casa em que se gostaria de morar. Passando de carro, as pessoas diziam umas às outras: "Fico me perguntando se algum dia estará à venda." E ao chofer: "Quem mora ali?"

O chofer não sabia. Os Olivers, que tinham comprado o lugar havia pouco mais de um século, não tinham nenhuma conexão com os Warings, os Elveys, os Mannerings ou os Burnets – as famílias antigas que tinham todas se casado entre si e permaneciam, na morte, entrelaçadas como as raízes de hera sob o muro do cemitério da igreja.

Fazia apenas pouco mais de cento e vinte anos que os Olivers estavam ali. Entretanto, subindo-se pela escada principal – havia uma outra, uma escadinha simples para os criados – via-se um retrato. A meio caminho da subida avistava-se uma peça de brocado amarelo; e, ao se atingir o topo, um pequeno rosto empoado, um grande toucado com pérolas pendentes, tornava-se visível; uma espécie de antepassada. Seis ou sete quartos se abriam para o corredor. O mordomo fora soldado; casara-se com uma criada da dona da casa; e sob uma redoma de vidro havia um relógio que desviara uma bala no campo de batalha de Waterloo.

Era de manhã cedo. O orvalho cobria a grama. O relógio da igreja bateu oito vezes. A sra. Swithin correu a cortina de seu quarto – a chita branca desbotada que, do lado de fora, tão agradavelmente coloria a janela com seu forro verde. Ali, as velhas mãos no fecho, abrindo-a com um puxão, ela se postou: a irmã casada do velho Oliver; uma viúva. Sempre pretendeu ter uma casa só sua; talvez em Kensington, talvez em Kew, de modo que pudesse tirar proveito dos jardins. Mas ficava ali durante todo o verão; e quando o inverno despejava sua umidade nas vidraças e entupia as sarjetas com folhas mortas, ela dizia: "Por que, Barth, construíram a casa no vale, virada para o norte?" O irmão dizia: "Obviamente para escapar da natureza. Não foram necessários quatro cavalos para arrastar a carruagem da família pelo lodo?" Então ele contava-lhe a famosa história do grande inverno do século dezoito; quando a casa ficou bloqueada pela neve por um mês inteiro. E as árvores tinham caído. Assim, todo ano, quando o inverno chegava, a sra. Swithin se mudava para Hastings.

Mas agora era verão. Ela fora despertada pelos pássaros. Como cantam!, atacando a aurora feito uns tantos meninos de coro atacando um bolo glaçado. Forçada a ouvir, ela estendera o braço para pegar sua leitura favorita – um Esboço da História – e passara as horas entre as três e as cinco pensando nas florestas de rododendro de Piccadilly; quando o continente inteiro, entendia ela, ainda não dividido por um canal, era uma coisa só; povoado, entendia ela, por monstros com corpo de elefante, pescoço de foca, arfando, oscilando, contorcendo-se lentamente e, supunha ela, latindo; o iguanodonte, o mamute e o mastodonte; dos quais, supostamente, pensou ela, abrindo a janela de um golpe, nós descendemos.

Levou cinco segundos no tempo real, muitíssimo mais no tempo da mente, para distinguir a Grace em pessoa, com a louça de porcelana azul numa bandeja, do monstro coberto de couro e emitindo grunhidos que, enquanto a porta se abria, estava prestes a demolir uma árvore inteira no verde e vaporoso matagal da floresta primitiva. Naturalmente, ela se sobressaltou enquanto Grace largava a bandeja e dizia: "Bom dia, senhora". "Doida", qualificou-a Grace, ao perceber em seu rosto o olhar dividido que era, em parte, destinado a uma fera num pântano, em parte, a uma empregada de vestido estampado e avental branco.

"Como cantam aqueles pássaros!", disse a sra. Swithin, ao acaso. A janela agora estava aberta; os pássaros certamente estavam cantando. Um prestativo tordo saltitava no gramado; uma espiral de borracha rosada enroscava-se-lhe no bico. Tentada pela cena a continuar sua imaginativa reconstrução do passado, a sra. Swithin fez uma pausa; ela era dada a superar os limites do momento por fugas ao passado ou ao futuro; ou andando tortuosamente ao longo de corredores e vielas; mas ela se lembrou da mãe – da mãe repreendendo-a naquele mesmo aposento. "Não fique aí de boca aberta, Lucy, senão o vento vai virar..." Quantas vezes a mãe a repreendera naquele mesmo aposento – "mas num mundo muito diferente", como lembrou-lhe o irmão. Sentou-se, assim, para o chá matinal, como qualquer outra senhora velha de nariz grande, faces mirradas, anel no dedo e os enfeites próprios de uma velhice um tanto degradante mas imponente, que incluía, em seu caso, um crucifixo reluzindo dourado sobre o peito.

As babás, após o café da manhã, estavam empurrando o carrinho de bebê para lá e para cá ao longo do terraço; e enquanto empurravam, conversavam – não moldando pílulas de informação ou passando ideias de uma para a outra, mas rolando as palavras feito balas na língua; as quais, à medida que se afinavam ao ponto da transparência, exalavam o cor-de-rosa, o verde e a doçura. Nesta manhã a doçura era: "O jeito que a cozinheira espinafrou ele por causa do aspargo; o jeito que eu falei quando ela tocou a campainha: que vestido bonito combinando com a blusa"; e isso levava a algo a respeito de um sujeito, enquanto elas andavam para lá e para cá no terraço, rolando balas, empurrando o carrinho.

Era uma pena que o homem que construíra Pointz Hall tivesse levantado a casa num vale, quando, passando o jardim de flores e a horta, havia toda essa extensão de terreno elevado. A natureza propiciara um lugar para uma casa; o homem cons-truíra sua casa num vale. A natureza propiciara uma extensão de gramado de quase um quilômetro, e plana, antes de mergu-lhar abruptamente no lago de ninfeias. O terraço era amplo o suficiente para comportar, estendida, a sombra inteira de uma das árvores grandes. Ali se podia andar para lá e para cá, para lá e para cá, sob a sombra das árvores. Duas ou três cresciam juntas; depois havia vazios. Suas raízes rompiam o gramado, e entre esses ossos havia cascatas verdes e almofadas de grama nas quais as violetas cresciam na primavera ou, no verão, a orquídea silvestre de cor púrpura.

Amy estava dizendo algo sobre um sujeito quando Mabel, com a mão no carrinho, a bala engolida, virou-se bruscamente. "Para de cavar", disse ela bruscamente. "Vamos, George."

O garoto ficara para trás e estava escavando no gramado. Então a bebê, Caro, jogou o punho para fora do cobertor e o urso peludo foi parar no chão. Amy teve que se abaixar. George cavava. A flor reluzia por entre os ângulos das raízes. Uma após a outra as membranas eram rasgadas. Ela reluzia num amarelo suave, numa luz tremulante sob uma película de veludo; ela alagava de luz as cavernas por detrás dos olhos. Toda essa escuridão interior virava um salão de luz amarela, cheirando a folhas, cheirando a terra. E a árvore ficava depois da flor; o gramado, a flor e a árvore eram inseparáveis. De joelhos, escavando, ele segurava a flor completa. Então houve um rugido e um bafo quente, e um tufo de pelos cinzentos e ásperos precipitou-se entre ele e a flor. Ele deu um pulo, desequilibrando-se pelo susto, e viu, vindo em sua direção, um monstro terrível, bicudo, sem olhos, movendo-se sobre os pés, brandindo as mãos.

"Bom dia, senhor", uma voz cavernosa, vinda de um bico feito de papel de jornal, rugiu em cima dele.

O velho, saindo de seu esconderijo de trás de uma árvore, saltara sobre ele.

"Diz bom dia, George; diz 'Bom dia, vovô'", intimou Mabel, empurrando-o em direção ao homem. Mas George estava com a boca aberta. George estava pasmado. Então o sr. Oliver amassou o jornal que ele dobrara para virar um focinho e mostrou-se em pessoa. Um velho muito alto, com olhos brilhantes, faces enrugadas e uma cabeça sem nenhum cabelo. Ele se virou.

"Aqui!", berrou ele, "aqui, sua besta!" E George se virou; e as babás se viraram, segurando o urso peludo; todos eles se viraram para ver Sohrab, o galgo afegão, pulando e saltando por entre as flores.

"Aqui!", berrou o velho, como se estivesse comandando um regimento. Era impressionante, para as babás, a forma como um velhote como ele ainda podia gritar e fazer com que uma besta como aquela lhe obedecesse. E o galgo afegão veio de volta, aproximando-se de lado, contrito. E, enquanto ele se encolhia aos pés do velho, uma corda foi-lhe enfiada na coleira; o laço que o velho Oliver sempre carregava consigo.

"Sua besta selvagem... sua besta malvada", resmungava ele, inclinando-se. George olhava apenas para o cão. Os flancos peludos inflavam e desinflavam; havia uma bolha de espuma em suas narinas. Ele rompeu em prantos.

O velho Oliver ergueu-se, as veias dilatadas, as faces congestionadas; estava furioso. Sua brincadeirinha com o jornal não funcionara. O garoto era um bebê chorão. Ele balançou a cabeça e foi adiante devagarinho, alisando o jornal amassado e resmungando "um bebê chorão – um bebê chorão", enquanto tentava voltar à sua linha na coluna. Mas a brisa enfunava a enorme folha; e por cima da borda ele inspecionou a paisagem – os campos ondulantes, o urzal e os bosques. Emoldurados, eles viravam uma pintura. Fosse ele um pintor, teria fixado seu cavalete aqui, onde o campo, delimitado por árvores, parecia uma pintura. Então a brisa amainou.

"O sr. Daladier", leu ele, encontrando sua linha na coluna, "foi bem-sucedido em fixar o franco...."

A sra. Giles Oliver passou o pente pelo espesso emaranhado de cabelo que, após ter dedicado à matéria sua melhor atenção, ela nunca cortara curtinho de um jeito ou outro; e ergueu a escova pesadamente ornada de relevos em prata que fora um presente de casamento e servira para impressionar camareiras em hotéis. Ela a ergueu e se postou em frente ao espelho triplo de tal modo que conseguia ver três versões separadas de seu cheio, mas ainda bonito, rosto; e também, fora do espelho, uma nesga do terraço, do gramado e das copas das árvores.

Dentro do espelho, em seus olhos, ela viu o que sentira na noite anterior pelo devastado, pelo silencioso, pelo romântico fidalgo rural. "Enamorada", estava em seus olhos. Mas fora, no lavatório, na penteadeira, por entre os estojos de prata e as escovas de dente, estava o outro amor; o amor pelo marido, o corretor de valores – "O pai dos meus filhos", acrescentou ela, caindo no clichê convenientemente fornecido pela ficção. O amor interior estava nos olhos; o amor exterior, na penteadeira. Mas que sentimento era esse que se agitava nela agora quando, por cima do espelho, lá fora, ela via vindo pelo gramado o carrinho de bebê; as duas babás; e seu garotinho, George, ficando para trás?

Ela deu uma batidinha na vidraça com a escova de relevos em prata. Eles estavam muito longe para ouvir. O zunido das árvores estava em seus ouvidos; o gorjeio dos passarinhos; outros incidentes da vida do jardim, inaudíveis, invisíveis para ela no quarto, absorviam-nos. Isolados numa ilha verde, cercada de galantos, coberta por uma colcha de seda pregueada, a inocente ilha flutuava debaixo de sua janela. Apenas George ficava para trás.

Ela retornou aos seus olhos no espelho. "Enamorada" é o que ela deve estar; uma vez que a presença do corpo dele na sala na última noite pôde afetá-la desse jeito; uma vez que as palavras que ele pronunciara, passando-lhe uma xícara de chá, passando-lhe uma raquete de tênis, puderam se prender desse jeito a um certo ponto nela; e permanecem, assim, entre eles, como um arame, tilintando, entrelaçando-se, retinindo – ela buscou, nas profundezas do espelho, uma palavra que se ajustasse às vibrações infinitamente velozes da hélice do aeroplano que ela vira uma vez ao raiar do sol em Croydon. Mais rápido, mais rápido, mais rápido, ela zumbia, zunia, zoava, até que todas as pás viraram uma só e o avião subiu e para longe se foi, cada vez mais longe...

"Onde não sabemos, onde não vamos, não há por que saber nem precisa", sussurrou ela. "Voando, apressamo-nos pela estival, circundante, incandescente, silenciosa..."

A rima era em "isa". Ela largou a escova. Pegou o telefone.

"Três, quatro, oito, Pyecombe", disse ela.

"Aqui é a sra. Oliver.... Que peixe vocês têm hoje? Bacalhau? Halibute? Solha? Linguado?"

"Perdemos lá o que aqui nos une", murmurou ela. "Solha. Em filés. Em tempo para o almoço, por favor", disse em voz alta. "Com uma pena, uma pena lisa... voando, deixando-nos levar pela brisa... perdemos lá o que aqui nos une..." As palavras não eram dignas de serem transcritas no livro encadernado como um livro de contabilidade caso Giles ficasse desconfiado. "Abortiva" era a palavra que a exprimia. Nunca saía de uma loja, por exemplo, com as roupas que admirava; tampouco lhe agradava sua silhueta vista contra o rolo de tecido escuro numa vitrine. Larga de cintura, longa de membros e, salvo pelo cabelo, à moda, compacto, segundo a maneira moderna, ela nunca se pareceu com Safo ou com alguns dos belos rapazes cujas fotografias enfeitavam as folhas semanais. Ela parecia o que era: a filha de Sir Richard; e sobrinha das duas velhas damas de Wimbledon que eram tão orgulhosas, sendo da família O'Neil, de serem descendentes dos reis da Irlanda.

Uma dama tola, bajuladora, detendo-se à soleira do que ela uma vez chamou de "coração da casa", a soleira da biblioteca, uma vez dissera: "Depois da cozinha, a biblioteca é sempre a peça mais bonita da casa." Então, acrescentou, atravessando a soleira: "Os livros são o espelho da alma."

Nesse caso, uma alma sem brilho, manchada. Pois, como o trem levava três horas para chegar a este remoto vilarejo no coração mesmo da Inglaterra, ninguém se aventurava numa jornada tão longa sem se prevenir contra uma possível fome mental, sem comprar um livro no quiosque da estação. Assim, o espelho que refletia a alma sublime refletia também a alma entediada. Ninguém podia fazer de conta, ao olhar para a barafunda de literatura sensacionalista deixada para trás pelos turistas de fim de semana, que o espelho refletisse sempre a aflição de uma rainha ou o heroísmo do rei Harry.

Nesta primeira hora de uma manhã de junho a biblioteca estava vazia. A sra. Giles tinha que vistoriar a cozinha. O sr. Oliver ainda caminhava pelo terraço. E a sra. Swithin estava, obviamente, na igreja. A leve mas inconstante brisa prevista pelo especialista do tempo balançava a cortina amarela, despejando luz, depois sombra. O fogo virava cinza, depois se abrasava, e a borboleta-tartaruga batia contra a vidraça inferior da janela; batia, batia, batia; repetindo que se nenhum ser humano jamais aparecesse, jamais, jamais, jamais, os livros mofariam, o fogo se extinguiria e a borboleta-tartaruga morreria na vidraça.

Anunciado pela impetuosidade do galgo afegão, o velho entrou. Ele lera seu jornal; estava sonolento; e assim deixou-se cair na poltrona revestida de tecido estampado, com o cão aos seus pés – o galgo afegão. O focinho sobre as patas, as ancas erguidas, parecia um cão de pedra, o cão de um cruzado, guardando, até mesmo nos domínios da morte, o sono de seu dono. Mas o dono não estava morto; apenas sonhando; sonolentamente vendo, como num espelho, seu brilho maculado, ele próprio, um jovem, um capacete na cabeça; e uma cascata caindo. Mas nenhuma água; e as colinas, como pano cinza plissado; e na areia um arco de costelas; um touro roído por moscas varejeiras sob o sol; e à sombra do rochedo, uns selvagens; e na sua mão, um revólver. A mão do sonho cerrou-se; a mão real pousava no braço da poltrona, as veias, inchadas, mas agora apenas com um fluido pardacento.

A porta se abriu.

"Sou eu", desculpou-se Isa, "estou interrompendo?"

Certamente estava – destruindo a juventude e a Índia. Era culpa dele, uma vez que persistira em esticar a linha de sua vida ao ponto de se tornar tão tênue, tão longa. De fato, observando-a enquanto ela andava pela peça, ele era-lhe grato por continuá-la.

Muitos velhos tinham apenas sua Índia – os velhos de clubes masculinos, os velhos de aposentos ao longo da Jermyn Street. Ela, em seu vestido listrado, continuava-o, murmurando diante das estantes de livros: "O charco está escuro sob a lua, as velozes nuvens sorviam os últimos e pálidos raios da tardinha.... Encomendei o peixe", disse em voz alta, virando-se, "mas se estará fresco ou não, não posso prometer. Mas a carne de vitela é cara e todo mundo aqui em casa está farto de boi e de carneiro.... Sohrab", disse ela, detendo-se à frente deles. "O que *ele* está fazendo?"

Ele nunca sacudia a cauda. Nunca admitia as amarras da domesticidade. Ele se retraía ou mordia. Agora seus selvagens olhos amarelos fixavam-se nela, fixavam-se nele. Ele podia enfrentar a ambos. Então Oliver lembrou-se:

"Seu garoto é um bebê chorão", disse ele desdenhosamente.

"Oh", suspirou ela, presa à domesticidade, no braço de um sofá, feito um balão cativo, por uma miríade de laços finos como fio de cabelo. "O que aconteceu?"

"Peguei o jornal", explicou ele, "desse jeito..."

Ele pegou o jornal e o pôs, dobrado como um bico, no próprio nariz. Ele saltara "desse jeito" de trás de uma árvore em cima das crianças.

"E ele berrou. Ele é um covarde, é o que seu garoto é."

Ela franziu a testa. Ele não era um covarde, não, o seu garoto não era. E ela abominava o doméstico, o possessivo; o maternal. Ele sabia disso e fez de propósito para provocá-la, o bruto velho, seu sogro.

Ela desviou o olhar.

"A biblioteca é sempre a peça mais bonita da casa", citou ela, e correu os olhos pelos livros. "O espelho da alma" é o que os livros eram. *A Rainha das Fadas* e *Crimeia* de Kinglake; Keats e a *Sonata a Kreutzer*. Ali estavam eles, refletindo. O quê? Que remédio havia para ela, na sua idade – a idade do século, trinta e nove – nos livros? Avessa aos livros é o que era ela, como o resto de sua geração; e avessa às armas também. Contudo, tal como uma pessoa com uma terrível dor de dente passeia os olhos, numa drogaria, pelos frascos verdes de rótulos dourados na esperança de que um deles possa conter uma cura, ela ponderou: Keats e Shelley; Yeats e Donne. Ou talvez não um poema; uma biografia. A biografia de Garibaldi. A biografia de Lorde Palmerston. Ou talvez não a biografia de uma pessoa; a de um condado. *As antiguidades de Durham; As atas da Sociedade Arqueológica de Nottingham.* Ou talvez simplesmente nenhuma biografia, mas ciência – Eddington, Darwin ou Jeans.

Nenhum deles debelava sua dor de dente. Pois para a sua geração o jornal era um livro; e, como o sogro largara o *Times*, ela o pegou e leu: "Um cavalo de rabo verde...", o que era fantástico. Depois, "O guarda em Whitehall...", o que era romântico, e depois, juntando uma palavra com outra, ela leu: "Os soldados da cavalaria disseram-lhe que o cavalo tinha um rabo verde; mas ela descobriu que não passava de um cavalo comum. E eles a arrastaram para dentro de um alojamento da caserna onde ela foi atirada numa cama. Então um dos soldados tirou um tanto de suas roupas e ela gritou e deu-lhe um bofetão no rosto...." Isso era real; tão real que nos painéis de mogno da porta ela viu o Arco de Whitehall; pelo Arco, o alojamento da caserna; no alojamento, a cama, e na cama, a moça gritando e batendo no rosto dele, quando a porta (pois, de fato, era uma porta) se abriu e a sra. Swithin entrou com um martelo na mão.

Ela avançou, gingando, como se o chão sob seus surrados sapatos de jardinagem fosse fluido, e, avançando, fazia beicinhos e sorria, de soslaio, para o irmão. Nenhuma palavra foi trocada entre eles enquanto ela ia até o armário do canto e devolvia o martelo que levara sem pedir permissão; junto – ela abriu a mão – com um punhado de pregos.

"Cindy – Cindy", resmungou ele, enquanto ela fechava a porta do armário.

Lucy, sua irmã, era três anos mais nova que ele. O nome Cindy, ou Sindy, pois podia ser escrito de um jeito ou outro, era o apelido de Lucy. Era por esse nome que ele a chamava quando eram crianças; quando, enquanto ele pescava, ela trotava atrás dele e arranjava as flores do campo em ramalhetes bem apertados, amarrando-os com um longo talo de grama, dando-lhe voltas e mais voltas. Uma vez, lembrava-se, ele a fizera tirar sozinha o peixe do anzol.

O sangue a chocara – "Oh!", gritara ela – pois as guelras estavam cheias de sangue. E ele resmungara: "Cindy!" O fantasma daquela manhã no campo estava em sua mente ao devolver o martelo ao seu devido lugar numa das prateleiras; e os pregos ao seu devido lugar noutra prateleira; e ao fechar o armário do qual, pois ainda guardava seu equipamento de pesca ali, ele ainda era tão zeloso.

"Estive pregando o cartaz no Celeiro", disse ela, dando-lhe uma palmadinha no ombro.

As palavras eram como o primeiro repique de um carrilhão. Enquanto o primeiro repica, ouve-se o segundo; enquanto o segundo repica, ouve-se o terceiro. Assim, quando Isa ouviu a sra. Swithin dizer: "Estive pregando o cartaz no Celeiro", ela sabia que ouviria em seguida:

"Para o *pageant*."

· 17 ·

E ele diria:

"Hoje? Por Júpiter! Tinha esquecido!"

"Ensolarado", continuou a sra. Swithin, "eles atuarão no terraço..."

"E chuvoso", continuou Bartholomew, "no Celeiro."

"E o que será?", continuou a sra. Swithin. "Chuvoso ou ensolarado?"

Então, pela sétima vez seguida, ambos olharam para fora da janela.

Todo verão, por sete verões agora, Isa ouvia as mesmas palavras; sobre o martelo e os pregos; o *pageant* e o tempo. Todo ano eles diziam: será chuvoso ou ensolarado; e todo ano era – um ou outro. O mesmo repique se sucederia ao mesmo repique; só que este ano por sob o repique ela ouviu: "A moça gritou e bateu no rosto dele com um martelo."

"A previsão", disse o sr. Oliver, virando as páginas até encontrá-la, diz: "Ventos variáveis; temperatura média amena; chuvas esparsas."

Largou o jornal e todos olharam para o céu para ver se o céu obedecia ao meteorologista. O tempo certamente era variável. Fez verde no jardim por um instante; cinza, em seguida. Aqui vinha o sol – um ilimitável enlevo de alegria, abraçando cada flor, cada folha. Depois, por compaixão, se retraía, velando a face, como que evitando observar o sofrimento humano. Havia uma debilidade, uma falta de simetria e ordem nas nuvens à medida que rareavam e adensavam. Era à sua própria lei, ou à lei nenhuma, que elas obedeciam? Algumas eram simplesmente madeixas de cabelo branco. Uma delas, bem no alto, muito distante, se solidificara em alabastro dourado; era feita de mármore imortal. Para além disso era azul, azul puro, azul escuro; um azul que nunca vazara; que escapara ao registro. Nunca caiu como o sol, a sombra ou a chuva sobre o mundo, ao contrário, menosprezou completamente a pequena bola colorida da terra. Nenhuma flor o notara; nenhum campo; nenhum jardim.

Os olhos da sra. Swithin tornaram-se vítreos ao contemplá-lo. Isa pensou que o olhar dela estava fixo porque ela via Deus ali, Deus em seu trono. Mas, quando, no instante seguinte, uma sombra caiu no jardim, a sra. Swithin baixou e relaxou os olhos fixos e disse:

"Está muito instável. Receio que vá chover. Só podemos rezar", acrescentou ela e tocou seu crucifixo.

"E providenciar guarda-chuvas", disse o irmão.

Lucy corou. Ele atingira sua fé. Quando ela disse "rezar", ele acrescentou "guarda-chuvas". Ela meio que cobriu o crucifixo com os dedos. Ela se encolheu; ela se retraiu; mas no instante seguinte exclamou:

"Oh, ali estão elas – as belezinhas!"

O carrinho de bebê estava atravessando o gramado.

Isa também olhou. Que anjo ela era – a velha senhora! Saudar as crianças assim; defrontar aquelas imensidões e as irreverências do velho senhor com suas magras mãos, com seus sorridentes olhos! Quão corajoso era desafiar Bart e o tempo!

"Ele parece florescente", disse a sra. Swithin.

"É surpreendente como se recuperam", disse Isa.

"Ele tomou o café da manhã?", perguntou a sra. Swithin.

"Não sobrou nada", disse Isa.

"E o bebê? Nenhum sinal de sarampo?"

Isa fez que não com a cabeça. "Bata na madeira", acrescentou, tocando na mesa.

"Diga-me, Bart", disse a sra. Swithin, voltando-se para o irmão, "qual é a origem disso? Bater na madeira... Anteu, não foi no chão que ele tocou?"

Ela teria sido, pensou ele, uma mulher muito inteligente, tivesse ela fixado o olhar. Mas isto levava àquilo; aquilo àquilo outro. O que entrava por um ouvido, saía pelo outro. E tudo estava circundado, como acontece após os setenta, por uma dúvida recorrente. A dela era: devia ela morar em Kensington ou em Kew? Mas todo ano, quando o inverno chegava, ela não fazia uma coisa nem outra. Ela se alojava em Hastings.

"Bata na madeira; bata no chão; Anteu", murmurou ele, juntando os fragmentos espalhados. Lemprière teria resolvido isso; ou a Enciclopédia. Mas não estava nos livros a resposta à questão dele – por que, no cérebro de Lucy, moldado, em grande parte como o seu, havia um ser invocável? Ela não o provia, supunha ele, de cabelos, dentes ou unhas do pé. Era, supunha ele, mais uma força ou um fulgor, controlando o tordo e a minhoca; a tulipa e o cão; e a ele também, um velho de veias saltadas. Esse ser a tirava da cama numa manhã fria e a punha a caminho pela trilha lamacenta para prestar-lhe culto na pessoa de seu porta-voz, Streatfield. Um bom sujeito, que fumava charutos na sacristia. Envolvido em distribuir prédicas a velhos asmáticos, em per-petuamente consertar o perpetuamente arruinado campanário mediante cartazes afixados nos Celeiros, ele precisava de algum consolo. O amor que deviam dar aos do sangue de seu próprio sangue davam-no à igreja, refletia ele... quando Lucy batendo os dedos na mesa disse:

"Qual é a origem... a origem... disso?"

"Superstição", disse ele.

Ela corou, e também se podia ouvir o leve suspiro que ela deu enquanto, uma vez mais, ele atacava a sua fé. Mas, irmão e irmã, sangue do mesmo sangue, não se tratava de uma barreira, mas de uma névoa. Nada alterava a afeição deles; nenhuma dis-cussão; nenhum fato; nenhuma verdade. O que ela via ele não via; o que ele via ela não via -- e, assim por diante, *ad infinitum*.

"Cindy", resmungou ele. E a discussão terminou.

O Celeiro em que Lucy afixara seu cartaz era uma grande construção no pátio da fazenda. Era tão velho quanto a igreja e construído com a mesma pedra, mas não tinha nenhum campa-nário. Fora edificado sobre cones de pedra cinzenta nos cantos para protegê-lo dos ratos e da umidade. Aqueles que estiveram na Grécia sempre diziam que ele lhes lembrava um Templo. Aqueles que nunca estiveram na Grécia – a maioria – admiravam-no mesmo assim. O telhado era laranja-avermelhado esmaecido;

e por dentro era uma área vazia, raiada de sol, castanha, cheirando a trigo, escura quando as portas estavam fechadas, mas esplendidamente iluminada quando as portas na extremidade eram abertas, como acontecia quando as carroças chegavam – as longas e baixas carroças, como os navios do mar, afrontando o trigo, não o mar, voltando, no fim da tarde, felpudas, carregadas de feno. As estradinhas ficavam forradas de tufos por onde as carroças tinham passado.

Agora os bancos eram arrastados ao longo do assoalho do Celeiro. Se chovesse, os atores iriam atuar no Celeiro; tábuas tinham sido juntadas numa das extremidades para servir de palco. Fizesse sol ou fizesse chuva, a plateia tomaria chá ali. Os moços e as moças – Jim, Iris, David, Jessica – estavam agora às voltas com as guirlandas de rosas de papel vermelhas e brancas que tinham sobrado da Coroação. As sementes e a poeira das sacas faziam com que espirrassem. Iris tinha um lenço amarrado ao redor da cabeça; Jessica vestia culotes. Os rapazes trabalhavam em mangas de camisa. Cascas descoradas tinham se enfiado no cabelo, e era fácil cravar uma farpa de madeira nos dedos.

A "velha Avoada" (o apelido da sra. Swithin) estivera pregando outro cartaz no Celeiro. O primeiro fora levado pelo vento ou então o idiota do vilarejo, que sempre arrancava o que fora pregado, o arrancara e estava gargalhando em cima do cartaz, à sombra de alguma sebe. Os trabalhadores também se riam, como se a velha Swithin tivesse deixado um rastro de risadas atrás dela. A senhorinha, com uma mecha de cabelo branco esvoaçando, sapatos arqueados como se ela tivesse patas calosas como as de um canário e meias longas, franzidas nos tornozelos, naturalmente fez David piscar os olhos e Jessica, em resposta, piscar os seus, enquanto lhe passava uma fieira de rosas de papel. Esnobes é o que eles eram; quer dizer, estabelecidos o tempo suficiente naquele canto do mundo para terem indelevelmente adquirido a marca de algo como uns trezentos anos do modo habitual de se comportar. Assim, eles riam; mas tinham respeito. Se ela usava pérolas, pérolas é o que elas eram.

"A velha Avoada está com a corda toda", disse David. Ela entraria e sairia umas trinta vezes e finalmente lhes traria limonada numa jarra grande e uma travessa de sanduíches. Jessie segurava a guirlanda; ele martelava. Uma galinha perdida entrou; uma fila de vacas passou pela porta; depois, um cão pastor; depois Bond, o vaqueiro, que se deteve.

Ele contemplou os jovens pendurando rosas de viga em viga. Não tinha ninguém em grande conta, fossem pessoas do povo ou da pequena nobreza. Apoiando-se, silencioso, sarcástico, na porta, ele era como um salgueiro seco, curvado sobre um riacho, todas as folhas caídas, e em seus olhos o caprichoso fluxo das águas.

"Ei – Ô!", gritou ele, subitamente. Era, supostamente, linguagem de vaca, pois a vaca malhada que enfiara a cabeça na porta baixou os chifres, sacudiu o rabo e saiu a passo. Bond foi atrás.

"Este é o problema", disse a sra. Swithin. Enquanto o sr. Oliver consultava a Enciclopédia buscando, em Superstição, a origem da expressão "bater na madeira", ela e Isa discutiam sobre o peixe: se, vindo daquela distância, seria fresco.

Estavam tão longe do mar. A cento e cinquenta quilômetros, disse a sra. Swithin; não, talvez a duzentos e cinquenta. "Mas dizem", continuou ela, "que numa noite calma a gente pode ouvir as ondas. Depois de uma tempestade, dizem, pode-se ouvir uma onda quebrando.... Gosto dessa história", refletia ela. "Ouvindo as ondas no meio da noite, ele selou um cavalo e cavalgou em direção ao mar. Quem foi, Bart, que cavalgou em direção ao mar?"

Ele lia.

"Não se pode esperar que lhe seja trazido à sua porta num balde d'água", disse a sra. Swithin, "tal como me lembro, quando éramos crianças, morando numa casa à beira-mar. Lagostas, frescas, direto dos covos. Como elas agarravam a vara que a cozinheira lhes estendia! E o salmão. Sabe-se que estão frescos por terem piolhos nas escamas."

Bartholomew fez que sim com a cabeça. Era um fato. Ele se lembrava, a casa à beira-mar. E a lagosta.

Eles traziam do mar redes cheias de peixe; mas Isa estava contemplando – o jardim, variável como disse a previsão, à leve brisa. De novo, as crianças passavam, e ela deu uma batidinha na janela e jogou-lhes um beijo. Em meio ao zum-zum do jardim ele passou despercebido.

"Estamos realmente", disse ela, virando-se, "a cento e cinquenta quilômetros do mar?"

"A cinquenta e cinco apenas", disse o pai, como se tivesse sacado uma fita métrica do bolso e tirado a medida exata.

"Parece mais", disse Isa. "Do terraço parece como se a terra continuasse sem fim nem limite."

"Outrora não havia nenhum mar", disse a sra. Swithin. "Absolutamente nenhum mar entre nós e o continente. Estive lendo sobre isso num livro esta manhã. Havia rododendros na Strand; e mamutes em Piccadilly."

"Quando éramos selvagens", disse Isa.

Então ela se lembrou; seu dentista lhe contara que os selvagens podiam efetuar operações muito habilidosas no cérebro. Os selvagens usavam dentes postiços, disse ele. Os dentes postiços foram inventados, ela pensava tê-lo ouvido dizer, no tempo dos faraós.

"Pelo menos foi o que meu dentista me contou", concluiu ela.

"Em qual você foi desta vez?", perguntou-lhe a sra. Swithin.

"A mesma e velha dupla; Batty e Bates na Sloane Street."

"E o sr. Batty lhe contou que no tempo dos faraós se usava dentadura?", ponderou a sra. Swithin.

"Batty? Oh, Batty não. Bates", Isa corrigiu-a.

Batty, lembrou-se ela, só falava sobre a realeza. Batty, disse ela à sra. Swithin, tinha uma princesa como cliente.

"Assim ele me fazia esperar bem mais que uma hora. E você sabe muito bem como isso parece uma eternidade quando se é criança."

"Casamento entre primos", disse a sra. Swithin, "não pode ser bom para os dentes."

Bart enfiou o dedo na boca e projetou a arcada superior para além dos lábios. Eles eram postiços. Entretanto, disse ele, os Olivers não tinham se casado com primos. Os Olivers não podiam remontar sua ascendência para além de duzentos ou trezentos anos. Mas os Swithins podiam. Os Swithins estavam ali antes da Conquista.

"Os Swithins", começou a sra. Swithin. E então se deteve. Bart faria outra brincadeira sobre os santos se ela lhe desse a oportunidade. E ela já fora vítima de duas brincadeiras; uma sobre um guarda-chuva; a outra sobre superstições.

Assim, ela se deteve e disse: "Como essa conversa começou?" Ela contou nos dedos. "Os faraós. Os dentistas. O peixe... Ah, sim, você estava dizendo, Isa, que tinha encomendado peixe; e que temia que não estivesse fresco. E eu disse: 'Esse é o problema....'"

Os peixes foram entregues. O garoto do Mitchell, segurando-os na dobra do braço, saltou da motocicleta. Não tinha como dar torrões de açúcar ao pônei à porta da cozinha nem tempo para bisbilhotices, uma vez que sua rota tinha aumentado. Ele tinha que fazer entregas em Bickley, logo depois da colina; e também passar por Waythorn, Roddam e Pyeminster, cujos nomes, tal como o seu, estavam no Domesday Book. Mas a cozinheira – a sra. Sands, como era chamada, mas era Trixie para os velhos amigos – jamais, em todos os seus cinquenta anos, fora além da colina, nem pretendia.

Ele os jogou na mesa da cozinha, os filés de solha, o peixe translúcido e sem espinhas. E antes que a sra. Sands tivesse tempo de tirar o papel, ele se fora, dando uma palmada no belíssimo gato amarelo que se ergueu majestosamente da cadeira de vime e avançou soberbamente em direção à mesa, farejando o peixe.

Estavam eles um tanto malcheirosos? A sra. Sands levou-os ao nariz. O gato se esfregava desse jeito, do outro, contra as pernas da mesa, contra as pernas dela. Ela iria guardar uma posta para Sunny – o nome dele na sala de visitas, Sung-Yen, se transformara, na cozinha, em Sunny. Ela os levou, sob a atenção do gato, para a despensa, assentando-os numa travessa dentro daquele aposento semieclesiástico. Pois a casa, antes da Reforma, como tantas outras casas na vizinhança, tinha uma capela; e a capela se transformara numa despensa, mudando, como o nome do gato, conforme mudava a religião. O Patrão (seu nome na sala de visitas; na cozinha, era Bartie) às vezes trazia cavalheiros para ver a despensa – muitas vezes quando a cozinheira não estava devidamente vestida. Não para ver os presuntos que pendiam dos ganchos, ou a manteiga numa lousa azul, ou o pernil para o jantar de amanhã, mas para ver o porão, que se prolongava desde a despensa, e sua abóbada esculpida. Quando se dava uma pancadinha – um cavalheiro tinha um martelo – ouvia-se um som surdo; uma reverberação; sem dúvida, disse ele, uma passagem oculta na qual, outrora, alguém se escondera. Podia ser. Mas a sra. Sands desejava que não entrassem na sua cozinha contando histórias com as moças por perto. Isso metia ideias em sua tola cabeça. Elas ouviam homens mortos rolando tonéis. Elas viam uma dama de branco andando embaixo das árvores. Nenhuma delas atravessava o terraço depois do cair da noite. Caso um gato espirrasse: "É o fantasma!"

Sunny teve seu pedacinho de filé. Então a sra. Sands pegou um ovo da cesta marrom cheia de ovos; alguns deles com penugens amarelas grudadas na casca; depois uma pitada de farinha para revestir aquelas fatias translúcidas; e uma crosta de pão do grande pote de barro cheio de crostas. Depois, voltando à cozinha, ela fazia aqueles movimentos rápidos junto ao fogão, recolhendo a cinza, atiçando, abafando o fogo, que enviavam estranhos ecos por toda a casa, de modo que na biblioteca, na sala de estar, na sala de jantar e no quarto das crianças, fosse lá o que estivessem fazendo, pensando, dizendo, sabiam eles, sabiam todos eles, que estava em preparo o café da manhã, o almoço ou o jantar.

"Os sanduíches...", disse a sra. Swithin, entrando na cozinha. Ela teve o cuidado de não acrescentar "Sands" a "sanduíches",

· 25 ·

pois Sand e sanduíches colidiam. "Nunca brinque", costumava dizer sua mãe, "com o nome das pessoas." E Trixie não era um nome que conviesse, como era o caso de Sands, à franzina, amarga mulher, ruiva e asseada, que nunca criou de improviso, é verdade, nenhuma obra-prima; mas tampouco jamais deixou cair grampos de cabelo na sopa. "Por qual diabo?", dissera Bart, erguendo um grampo de cabelo na colher, nos bons e velhos tempos, havia quinze anos, antes da chegada de Sands, na época da Jessie Pook.

A sra. Sands buscou o pão; a sra. Swithin buscou o presunto. Uma cortava o pão; a outra, o presunto. Era reconfortante, era fortificante, esse trabalho manual em conjunto. As mãos da cozinheira cortavam, cortavam, cortavam. Enquanto Lucy, segurando o pão, mantinha a faca no ar. Por que o pão dormido, devaneava ela, é mais fácil de cortar que o fresco? E, assim, pulou, obliquamente, do fermento ao álcool; daí à embriaguez; daí a Baco; e a se deitar sob as luzes púrpuras num vinhedo na Itália, como ela fizera muitas vezes; enquanto Sands ouvia o relógio bater; via o gato; observava uma mosca zumbir; e revelava, como mostravam seus lábios, um rancor, sobre o qual não devia falar, por pessoas que vinham trabalhar na cozinha em vez de se divertirem pendurando rosas de papel no Celeiro.

"Fará bom tempo?", perguntou a sra. Swithin, a faca suspensa no ar. Na cozinha toleravam-se os caprichos da velha Mãe Swithin.

"É o que parece", disse a sra. Sands, voltando seus aguçados olhos para a janela da cozinha.

"Não fez no ano passado", disse a sra. Swithin. "Lembra-se da correria que fizemos — quando a chuva começou — para guardar as cadeiras?" Ela voltou a cortar. Então perguntou pelo Billy, o sobrinho da sra. Sands, que era aprendiz de açougueiro.

"Andou fazendo", disse a sra. Sands, "o que os garotos não deveriam fazer; responder mal ao chefe."

"Vai dar certo", disse a sra. Swithin, em parte referindo-se ao garoto, em parte ao sanduíche, de fato, um sanduíche perfeito, bem guarnecido, triangular.

"O sr. Giles pode se atrasar", acrescentou ela, colocando-o, complacentemente, no alto da pilha.

Pois o marido de Isa, o corretor de valores, vinha de Londres. E o trem local, que fazia ligação com o trem expresso, de modo algum chegava pontualmente, ainda que ele pegasse o primeiro trem, o que de modo algum era certo. Se fosse o caso, isso significava – mas o que isso significava para a sra. Sands, quando as pessoas perdiam o trem e ela, não importando o que desejasse fazer, devia esperar, ao lado do fogão, mantendo a carne quente, ninguém sabia.

"Feito!", disse a sra. Swithin, inspecionando os sanduíches, alguns perfeitos, outros nem tanto, "vou levá-los para o Celeiro". Quanto à limonada, ela supunha, sem sombra de dúvida, que Jane, a ajudante de cozinha, viria atrás.

Candish se deteve na sala de jantar para mudar uma rosa amarela de lugar. Amarelas, brancas, encarnadas – ele as ajeitava. Ele gostava de flores e de arranjá-las e de ajeitar a folha verde em forma de espada ou coração que vinha, apropriadamente, entre elas. Estranhamente, apesar de sua propensão ao jogo e à bebida, ele as amava. A rosa amarela ia ali. Agora tudo estava pronto – prata e branco, os garfos e os guardanapos e, no meio, o vaso sarapintado, pleno de rosas variegadas. Assim, com uma última mirada, ele deixou a sala de jantar.

Dois quadros pendiam da parede oposta à janela. Na vida real, nunca tinham se encontrado, a dama alta e o homem segurando o cavalo pelas rédeas. A dama era uma pintura, comprada por Oliver porque ele gostou da pintura; o homem era um antepassado. Ele tinha um nome. Ele segurava as rédeas na mão. Ele dissera para o pintor:

"Se quer meu retrato, que diacho, senhor, pinte-o quando houver folhas nas árvores." Havia folhas nas árvores. Ele dissera: "Não tem lugar para Colin e também para Buster?" Colin era seu famoso galgo. Mas tinha lugar apenas para Buster. Era, ele parecia dizer, dirigindo-se aos acompanhantes, não ao pintor, uma terrível vergonha excluir Colin, que ele queria que fosse enterrado aos seus pés, no mesmo túmulo, por volta de 1750; mas aquele canalha, o Reverendo Fulano de Tal não iria permiti-lo.

Era um produtor de discurso, aquele antepassado. Mas a dama era uma pintura. Em seu manto amarelo, inclinada, com um pilar a sustentá-la, uma flecha de prata na mão e uma pluma no cabelo, conduzia o olhar para cima, para baixo, da linha curva à linha reta, passando por clareiras de folhagem e tonalidades de prata, pardo e rosa, em direção ao silêncio. A sala estava vazia.

Vazia, vazia, vazia; silenciosa, silenciosa, silenciosa. A sala era uma concha, cantando o que era antes que o tempo fosse; um vaso erguia-se no coração da casa, de alabastro, liso, frio, encerrando a plácida, destilada essência do vazio, do silêncio.

Do outro lado do vestíbulo uma porta se abriu. Uma voz, uma outra voz, uma terceira voz chegavam ondulando e trilando: áspera – a voz de Bart; trêmula – a voz de Lucy; de tonalidade média – a voz de Isa. Suas vozes chegavam, impetuosas, impacientes, insurgentes, através do vestíbulo dizendo: "O trem está atrasado"; dizendo: "Mantenha-a aquecida"; dizendo: "Não, Candish, não vamos esperar."

Vindas da biblioteca, as vozes se detiveram no vestíbulo. Evidentemente encontraram um obstáculo; uma rocha. Era absolutamente impossível, até mesmo em pleno campo, ficar a sós? Esse foi o choque. Depois disso, a rocha foi contornada, abraçada. Embora fosse doloroso, era essencial. É preciso haver convívio. Saindo da biblioteca, era doloroso, mas agradável, dar de cara com a sra. Manresa e com um jovem desconhecido, de cabelos claros e rosto retorcido. Não havia escapatória; o encontro era inevitável. Sem convite, inopinados, inesperados, eles tinham vindo da rodovia, atraídos pelo mesmo e exato instinto que fazia as ovelhas e as vacas desejarem a proximidade. Mas traziam um cesto com o almoço. Ei-lo aqui.

"Não conseguimos resistir quando vimos o nome na tabuleta", começou a sra. Manresa em sua rica e aflautada voz.

"E este é um amigo – William Dodge. Íamos nos sentar inteiramente sozinhos num campo. E eu disse: 'Por que não pedimos aos nossos caros amigos', vendo a placa, 'para nos abrigar?' Um lugar à mesa – é tudo o que queremos. Temos nossa comida. Temos nossos copos. Não pedimos nada a não ser –" companhia, aparentemente, para ficar com os de sua espécie.

E ela fez um aceno com a mão, sobre a qual havia uma luva e sob a qual aparentemente havia anéis, para o sr. Oliver.

Ele se inclinou profundamente tomando-lhe a mão; um século atrás, ele a teria beijado. Em meio a todo esse som de boas-vindas, protestos, desculpas e, de novo, boas-vindas, havia um elemento de silêncio, propiciado por Isabella, enquanto observava o jovem desconhecido. Ele era, obviamente, um cavalheiro; provavam-no as meias e as calças; inteligente – gravata com pintinhas, colete desabotoado; urbano, profissional, quer dizer, pálido, pouco sadio; muito nervoso, revelando um tique diante dessa repentina apresentação, e fundamentalmente, infernalmente, presunçoso, pois desaprovava a efusão da sra. Manresa, embora fosse seu convidado.

Isa, ainda que curiosa, sentia-se hostilizada. Mas quando, para deixar tudo em boa ordem, a sra. Manresa acrescentou: "Ele é um artista", e quando William Dodge a corrigiu: "Sou funcionário num escritório" – ela pensou que ele dissera Ministério da Educação ou Somerset House – ela tocou no nó que se atara tão apertadamente, quase ao ponto de se enviesar, e certamente de se contrair, no rosto dele.

Então eles entraram para almoçar, e a sra. Manresa borbulhava, deleitando-se com sua própria capacidade de resolver, sem pestanejar, esta pequena crise social – esse arranjo de dois lugares a mais. Pois não tinha ela fé absoluta na ideia da mesma carne e do mesmo sangue? e não somos todos da mesma carne e do mesmo sangue? e quão tolo é repudiar particularidades quando, sob a pele, somos todos da mesma carne e do mesmo sangue – os homens e também as mulheres. Mas ela preferia os homens – obviamente.

"Se não, para que serviriam seus anéis, e suas unhas, e esse chapeuzinho de palha realmente adorável?", disse Isabella dirigindo-se silenciosamente à sra. Manresa e fazendo o silêncio dar, assim, sua inequívoca contribuição à conversa. Seu chapéu, seus anéis, suas unhas, rubras como rosas, macias como conchas, estavam ali para todos verem. Mas não sua história de vida. Essa era apenas refugos e fragmentos para todos eles, excluindo talvez William Dodge, a quem ela chamava, publicamente, de "Bill" — um sinal talvez de que ele sabia mais do que eles. Algumas das coisas que ele sabia — que ela passeava pelo jardim em pijamas de seda no meio da noite, ouvia jazz na vitrola e tinha um bar em casa, naturalmente, eles também sabiam. Mas nada pessoal; nenhum dado biográfico preciso.

Ela nascera, mas era apenas a bisbilhotice que assim dizia, na Tasmânia; o avô fora exportado por alguma falcatrua em meados da era vitoriana; malversação de fundos, fora isso? Mas a história não fora, na única vez em que Isabella a ouvira, além de "exportado", pois o marido da comunicativa dama — a sra. Blencowe, da Granja — fez objeção, pedantemente, a "exportado", dizendo que "expatriado" era mais correto, mas não a palavra exata, que ele tinha na ponta da língua, mas não conseguia lembrar. E assim a história se esgotou. Algumas vezes ela se referia a um tio, a um bispo. Acreditava-se que ele fora bispo, mas em alguma colônia. Esquecia-se e perdoava-se muito facilmente nas colônias. Também se dizia que os diamantes e rubis dela tinham sido extraídos com as próprias mãos por um "marido" que não era Ralph Manresa. Ralph, um judeu, que prosperara a ponto de parecer, sem tirar nem pôr, o retrato da pequena nobreza agrária, provia, como diretor de empresas do distrito financeiro londrino — isso era certo — montes de dinheiro; e não tinham filhos. Mas com George VI no trono, não seria, seguramente, antiquado, fora de moda, com laivos de peliças roídas pelas traças, de canutilhos pretos, de camafeus e papel de carta tarjado, sair vasculhando o passado das pessoas?

"Tudo de que preciso", disse a sra. Manresa, fazendo olhinhos para Candish, como se ele fosse um homem de verdade, não um homem empalhado, "é de um saca-rolhas." Ela tinha uma garrafa de champanhe, mas nenhum saca-rolhas.

"Veja, Bill", continuou ela, erguendo o polegar — ela estava abrindo a garrafa — "as pinturas. Não lhe disse que você iria se divertir?"

Vulgar é o que ela era, em seus gestos, em sua pessoa inteira, hipersexuada, exageradamente arrumada para um piquenique. Mas que qualidade desejável, que qualidade no mínimo valiosa, que isso era — pois todo mundo pensava, assim que ela falava: "Ela que disse isso, ela que fez isso, não eu", e podia tirar proveito da quebra de decoro, do ar fresco que soprava, para seguirem como golfinhos saltitantes na esteira de um navio. Não restituíra ela ao velho Bartholomew suas ilhas de especiarias, sua juventude?

"Eu lhe disse", continuou ela, agora fazendo olhinhos para Bart, "que, depois das coisas de vocês, ele não olharia para as nossas" (que eles tinham aos montes). "E lhe prometi que vocês lhe mostrariam o — o" — aqui a champanhe espumou e ela insistiu em encher primeiro a taça de Bart. "Com quê, vocês todos, doutos cavalheiros, ficam extasiados? Uma abóbada? Normanda? Saxã? Quem deixou o colégio por último? A sra. Giles?"

Agora fazia olhinhos para Isabella, conferindo-lhe juventude; mas, sempre que falava a mulheres, ela velava os olhos, pois elas, conspiradoras que eram, adivinhavam o que estava por detrás.

Assim, de golpe em golpe, com a champanhe e os olhinhos, ela afirmava seu direito a ser uma filha selvagem da natureza, irrompendo neste — ela, na verdade, deu um sorriso furtivo — porto seguro; o que, comparado com Londres, a fazia sorrir; contudo, também desafiava Londres. Pois ela foi adiante, oferecendo-lhes uma amostra de sua vida; uns quantos retalhos de bisbilhotice; puro lixo; mas ela a oferecia tal como era, sem nenhum juízo de valor; como, na última terça-feira, ela estivera sentada ao lado de fulano; e ela acrescentou, muito casualmente, um nome de batismo; depois, um apelido; e ele dissera — pois, como uma simples desconhecida, eles não se preocupavam com o que diziam a ela — e "em estrita confidência, não preciso dizer a vocês", disse-lhes ela. E todos eles aguçaram os ouvidos. E então com um gesto das mãos, como se jogando fora aquela odiosa vida londrina, crepitante como espinhos sob uma panela – assim – ela exclamou "Feito!... E qual é a primeira coisa que faço quando chego aqui?" Eles mal tinham chegado na última noite, guiando por estradinhas de junho, sozinha com Bill, subentenda-se, deixando Londres, repentinamente tornada sórdida e dissoluta, para se sentarem à mesa de jantar. "Que faço eu? Posso dizê-lo em voz alta? É permitido, sra. Swithin? Sim, tudo pode ser dito nesta casa. Tiro o espartilho" (aqui ela pressionou as mãos nos quadris – ela era robusta) "e rolo na grama. Rolo – podem crê-lo..." Ela se ria do fundo do coração. Ela desistira de se preocupar com a forma e conquistara, assim, a liberdade.

"Isso é genuíno", pensou Isa. Deveras genuíno. E seu amor pelo campo também. Muitas vezes, quando Ralph Manresa tinha que ficar na cidade, ela vinha sozinha; portava um chapéu de jardinagem velho; ensinava as mulheres do vilarejo *não* a fazer conservas; mas sim a trançar cestas de pouco valor usando palha colorida. Prazer é o que elas querem. Muitas vezes a ouvíamos, se a chamássemos, cantar à moda dos alpes por entre as malvas-rosa, "Tiro lo ei tiro le ai..."

Era, de fato, uma boa pessoa. Ela fazia o velho Bart se sentir jovem. Pelo rabo do olho, enquanto erguia sua taça, ele viu um lampejo de branco no jardim: alguém passando.

A ajudante de cozinha, enquanto esperava os pratos serem retirados, refrescava as faces à beira do lago de ninfeias.

Sempre houvera ninfeias ali, espontaneamente brotadas de sementes espalhadas pelo vento, flutuando rubro e branco sobre as lâminas verdes de suas folhas. A água, por séculos, se infiltrara na cavidade, e ali repousa, a um metro ou metro e meio de profundidade, sobre uma almofada negra de lodo. Sob a espessa lâmina de água verde, vítreos, em seu autocentrado mundo, os peixes nadavam – dourados, salpicados de branco, raiados de negro ou prata. Silenciosamente executavam manobras em seu mundo aquático, suspensos no retalho azul feito pelo céu, ou silenciosamente se lançavam em direção à margem, onde a grama, trêmula, desenhava uma franja de oscilante sombra. As aranhas deixavam a marca de seus delicados pés sobre o pavimento da água. Uma semente caiu e avançou em espiral; uma pétala caiu, intumesceu e afundou. Ao que a frota de corpos em forma de barco parou; pairou; aprestou-se; encouraçou-se; então, num balanço da ondulação, eles dispararam.

Fora naquele centro profundo, naquele coração negro, que a dama se atirara. Fazia dez anos que o lago fora dragado e um fêmur recuperado. Que pena, era de uma ovelha, não de uma dama. E ovelhas não têm fantasmas, pois as ovelhas não têm alma. Mas os criados insistiam, eles tinham que ter um fantasma; o fantasma tinha que ser uma dama; que se afogara por amor. Assim nenhum deles andava à beira do lago à noite, só agora quando o sol brilhava e os patrões ainda se sentavam à mesa.

A pétala afundou; a criada voltou para a cozinha; Bartholomew bebericava seu vinho. Sentia-se feliz como um menino; embora despreocupado como um velho; uma inusitada, agradável sensação. Remexendo a mente em busca de algo para dizer à adorável dama, ele escolheu a primeira coisa que veio a calhar; a história do fêmur da ovelha. "Os criados", disse ele, "devem ter o seu fantasma." As ajudantes de cozinha devem ter sua dama afogada.

"Mas eu também!", exclamou a filha selvagem da natureza, a sra. Manresa. Ela se fez, de repente, solene como uma coruja. Ela *sabia*, disse, tirando um pedaço de pão para tornar isso enfático, que Ralph, quando estava na guerra, não podia ter morrido sem que ela o visse – "fosse lá onde eu estivesse, fosse lá o que eu estivesse fazendo", acrescentou, agitando as mãos de modo que os diamantes reluziam à luz do sol.

"Não penso assim", disse a sra. Swithin, sacudindo a cabeça.

"Não", riu-se a sra. Manresa. "A senhora não o faria. Nenhum de vocês o faria. Vejam, estou no mesmo nível...", ela esperou que Candish se retirasse, "dos criados. Não sou, de modo algum, tão adulta quanto vocês."

Ela se exibia, confirmando sua adolescência. Com ou sem razão? Uma fonte de compaixão borbulhava por entre sua lama. Eles tinham contido a deles com blocos de mármore. Para eles, o fêmur de uma ovelha era o fêmur de uma ovelha, não os restos mortais de Lady Ermyntrude, a afogada.

"E a que grupo", disse Bartholomew, voltando-se para o convidado desconhecido, "você pertence? O dos adultos ou o das crianças?"

Isabella abriu a boca, esperando que Dodge abrisse a sua, permitindo, assim, que ela o situasse. Mas ele ficou ali sentado, os olhos fixos. "Desculpe-me, senhor?", disse ele. Todos olharam para ele. "Estava olhando os quadros."

O quadro não olhava para ninguém. O quadro levava-os pelas trilhas do silêncio.

Lucy quebrou-o.

"Sra. Manresa, vou pedir-lhe um favor − Caso se faça necessário esta tarde, a senhora poderia cantar?"

Esta tarde? A sra. Manresa estava estupefata. Era o *pageant*? Nunca sonhara que seria esta tarde. Eles jamais teriam se intrometido − caso tivessem sabido que seria esta tarde. E, claro, o carrilhão repicou uma vez mais. Isa ouviu o primeiro repique; e o segundo; e o terceiro − Com chuva, seria no Celeiro; com sol, no terraço. E o que seria, chuva ou sol? E todos olharam pela janela. Então a porta se abriu. Candish disse que o sr. Giles chegara. O sr. Giles desceria num instante.

Giles chegara. Ele vira, à porta, o grande carro prateado com as iniciais R. M. entrelaçadas de modo a parecerem, de longe, uma insígnia. Visitas, concluíra ele, estacionando atrás; e se dirigira ao quarto para trocar a roupa. O fantasma da convenção subira à superfície, tal como um rubor ou uma lágrima sobe à superfície sob a urgência da emoção; o carro afetava, assim, a sua disciplina. Devia se trocar. E entrou na sala de jantar parecendo um jogador de críquete, em calça de flanela, num paletó azul com botões de bronze; mas estava enfurecido. Não tinha ele lido no trem, no jornal matutino, que dezesseis homens tinham sido baleados e outros presos, logo ali, do outro lado do golfo, na planície que os separava do continente? Contudo trocou a roupa. Foi a tia Lucy, por ter acenado para ele quando ele chegou, que fez com que ele trocasse a roupa. Ele pendurava suas mágoas nela do jeito que se pendura um casaco num cabide, instintivamente. Tia Lucy, tola, livre; sempre expressando, desde que ele decidira, depois de terminar a faculdade, aceitar um emprego no distrito financeiro londrino, seu espanto, seu pasmo, diante de homens que consumiam sua vida, comprando e vendendo – arados? miçangas, era isso? ou ações e participações? – a selvagens que queriam, muito estranhamente – pois não eram eles belos assim nus? – se vestir e viver como os ingleses? Era uma descrição frívola, maligna a dela, de um problema que, pois ele não tinha nenhum dom especial, nenhum capital, e tinha furiosamente se apaixonado por sua mulher – ele a saudou por cima da mesa – lhe afligira durante dez anos. Pudesse ele escolher, teria escolhido a agricultura. Mas não lhe fora dada escolha. Assim, uma coisa levava à outra; e o acúmulo de coisas o arrasava; o restringia, como um peixe n'água. Assim, veio para o fim de semana, e trocou a roupa.

"Como estão?", disse ele dirigindo-se a todos em volta; fez um aceno para o convidado desconhecido; ele lhe desgostava; e comeu o seu filé de solha.

Ele era o tipo exato de tudo o que a sra. Manresa adorava. O cabelo crespo; longe de caído, como era o caso de muitos queixos, o dele era firme; o nariz reto, ainda que curto; os olhos, naturalmente, com aquele cabelo, azuis; e, finalmente, para tornar o tipo completo, havia algo de selvagem, indômito, na expressão que a incitava, mesmo aos quarenta e cinco, a re-carregar suas baterias.

"Ele é meu marido", pensou Isabella, enquanto se sauda-vam por entre o maço de flores multicoloridas. "O pai de meus filhos." Funcionava, aquele velho clichê; ela sentia orgulho; e afeição; e então, orgulho novamente, de si mesma, a quem ele escolhera. Era um choque descobrir, depois da mirada matinal no espelho, e da flecha do desejo que, disparada pelo fidalgo rural, lhe transpassara na última noite, quando ele entrou, não um elegante agente financeiro, mas um jogador de críquete, o quanto ela sentiu, de amor; e de ódio.

Eles tinham se encontrado pela primeira vez na Escócia, pescando – ela num rochedo, ele noutro. A linha dela se emaranhara; ela desistira e ficara observando-o com a corrente passando pelo meio das pernas dele, lançando, lançando a linha – até que, como um espesso lingote de prata dobrado no meio, o salmão saltara, fora fisgado, e ela se tomara de amor por ele.

Bartholomew também gostava dele; e notou sua raiva – a propósito de quê? Mas lembrou de seu convidado. A família não era uma família na presença de estranhos. Ele devia, um tanto laboriosamente, contar-lhes a história dos quadros que o convidado desconhecido estivera olhando quando Giles entrou.

"Aquele", indicou ele o homem com um cavalo, "é meu ancestral. Ele tinha um cão. O cão era famoso. O cão tem seu lugar na história. Ele deixou registrado seu desejo de que o cão fosse enterrado com ele."

Eles olharam para o quadro.

"Sempre tive a sensação", Lucy quebrou o silêncio, "de que ele diz: 'Pinte meu cão.'"

"Mas e o cavalo?", disse a sra. Manresa.

"O cavalo", disse Bartholomew, pondo os óculos. Ele olhou para o cavalo. Os quartos traseiros não estavam satisfatórios.

Mas William Dodge ainda estava olhando para a dama.

"Ah", disse Bartholomew que comprara aquele quadro porque gostava daquele quadro, "você é um artista."

Dodge negou-o pela segunda vez em meia hora, ou assim observou Isa.

Com que propósito uma boa pessoa como essa senhora, Manresa, trazia esses mestiços atrás de si?, perguntou-se Giles.

· 36 ·

E seu silêncio deu sua contribuição à conversa – quer dizer, Dodge abanou a cabeça. "Gosto desse quadro." Foi tudo o que conseguiu dizer.

"E você tem razão", disse Bartholomew. "Um homem – esqueço-lhe o nome – um homem ligado a algum instituto, um homem que sai por aí dando conselhos de graça a descendentes como nós, descendentes degenerados, disse... disse..." Ele se deteve. Todos eles dirigiram o olhar para a senhora. Mas ela olhava por sobre as cabeças, olhando para nada. Ela os conduzia por clareiras verdes ao coração do silêncio.

"Disse que é de Sir Joshua?", a sra. Manresa quebrou o silêncio abruptamente.

"Não, não", disse William Dodge, apressadamente, mas a meia voz.

"Por que ele está com medo?", perguntou-se Isabella. Um pobre diabo é o que ele era; com medo de sair em defesa de suas próprias crenças – tal como ela tinha medo do marido. Não escrevia ela seus poemas num caderno encapado como um livro de contabilidade para que Giles não desconfiasse de nada? Ela olhou para Giles.

Ele terminara seu peixe; comera apressadamente para não deixá-los esperando. Agora tinha torta de cereja. A sra. Manresa contava as sementes.

"Latoeiro, motorista, leiteiro, eletricista, vigilante, lavra-dor... sou eu!", exclamou ela, contente por ter confirmado pelas sementes de cereja que ela era uma filha selvagem da natureza.

"Você também acredita nisso?", disse o velho cavalheiro, cortesmente mexendo com ela.

"Claro, claro que sim!", exclamou ela. Agora estava de novo nos trilhos. Agora era de novo, por inteiro, uma boa pessoa. E eles também estavam encantados; agora podiam ir no seu rastro e deixar para trás as sombras pardas e cor de prata que levavam ao coração do silêncio.

"Tive um pai", disse Dodge, a meia voz, a Isa, que estava sentada ao seu lado, "que gostava de quadros."

"Oh, eu também!", exclamou ela. Agitadamente, incoerentemente, ela deu os detalhes. Costumava ficar, quando era criança e tivera coqueluche, com um tio que era sacerdote; que usava um barrete; e nunca fazia nada; nem sequer pregava; mas compunha poemas, recitando-os enquanto caminhava no jardim.

"As pessoas achavam que ele era louco", disse ela. "Eu, não...."

Ela se interrompeu.

"Latoeiro, motorista, leiteiro, eletricista, vigilante, lavrador.... Parece", disse o velho Bartholomew, pousando a colher, "que sou um ladrão. Vamos tomar café no jardim?" Ele se levantou.

Isa arrastou sua cadeira pelo cascalho, murmurando: "A que antro escuro da terra inabitada, ou a que floresta varrida pelo vento, iremos agora? Ou transitar de estrela em estrela e dançar no labirinto da lua? Ou...."

Ela segurava a espreguiçadeira pelo lado errado. A armação com as ranhuras estava de cabeça para baixo.

"Canções que o meu tio me ensinou?", disse William Dodge, ao ouvir seu murmúrio. Ele desdobrou a espreguiçadeira e fixou a barra na ranhura certa.

Ela corou, como se tivesse falado num aposento vazio e alguém tivesse saído de trás de uma cortina.

"Não lhe acontece, quando está fazendo alguma coisa com as mãos, de falar bobagem?", disse ela, hesitante. Mas o que fez ele com as suas mãos, aquelas alvas, delicadas, bem-talhadas mãos?

Giles voltou para dentro de casa e trouxe mais espreguiçadeiras, colocando-as num semicírculo, de modo que a vista pudesse ser partilhada, e também o abrigo da velha parede. Pois, por um golpe da sorte, uma parede fora construída como uma continuação da casa, possivelmente com a intenção de acrescentar outra ala no terreno elevado que ficava exposto à luz do sol. Mas os fundos escassearam; o plano foi abandonado, e a parede ficou, nada mais que uma parede. Mais tarde, outra geração plantara árvores frutíferas, as quais, com o tempo, espalharam amplamente seus ramos pelos tijolos vermelho-alaranjados descorados pelo passar dos anos. A sra. Sands declarava um ano como bom se conseguisse extrair delas seis potes de geleia de damasco – o fruto nunca estava doce o suficiente para servir de sobremesa. Talvez três dos damascos merecessem ser envoltos em saquinhos de musselina. Mas eles eram tão bonitos despidos, com uma face corada, a outra verde, que a sra. Swithin deixava-os despidos, e as vespas cavavam buracos.

O terreno elevava-se de tal forma que, para citar o Guia Figgis (1833), "ele proporcionava uma magnífica vista da região circundante.... O pináculo da Igreja de Bolney, as florestas de Rough Norton e, numa elevação, bem à esquerda, Hogben's Folly, assim chamado porque...."

O Guia ainda dizia a verdade. 1833 era verdadeiro em 1939. Nenhuma casa fora construída; nenhuma vila surgira. Hogben's Folly ainda se destacava; a terra muito plana, dividida em lotes, mudara apenas nisto – o trator tinha, em alguma medida, substituído o arado. O cavalo se fora; mas a vaca ficou. Se Figgis estivesse aqui agora, Figgis teria dito a mesma coisa. Era o que sempre diziam quando, no verão, sentavam-se ali, se tivessem visitantes, para tomar café. Quando estavam a sós, não diziam nada. Olhavam a paisagem; olhavam o que conheciam, para ver se o que conheciam pudesse, talvez, ser diferente hoje. Na maior parte dos dias era a mesma coisa.

"É isso que torna uma paisagem tão triste", disse a sra. Swithin, alojando-se na espreguiçadeira que Giles trouxera para ela. "E tão bela. Estará lá", indicou ela com a cabeça a faixa de névoa estendida sobre os campos distantes, "quando nós não estivermos."

Giles fixou a espreguiçadeira com um puxão. Só assim podia ele expressar sua irritação, sua raiva contra velhos antiquados que ficavam sentados olhando a paisagem durante o café quando a Europa inteira – lá adiante – estava eriçada como.... Ele não tinha nenhum domínio da metáfora. Apenas a ineficaz palavra "ouriço" ilustrava sua visão da Europa, eriçada de canhões, o céu coalhado de aviões. A qualquer momento canhões iriam varrer aquela terra deixando-a toda escavada; aviões iriam partir a Igreja de Bolney em mil pedaços e bombardear Folly. Ele também adorava a paisagem. E culpava a tia Lucy, que ficava olhando paisagens em vez de − fazer o quê? O que ela fizera fora casar-se com um fazendeiro, agora morto; dera à luz duas crianças, uma agora no Canadá, a outra, tendo casado, em Birmingham. O pai, a quem amava, ele isentava de qualquer censura; quanto a ele próprio, uma coisa se seguia à outra; e assim ali estava ele, sentado com velhos antiquados, contemplando a paisagem.

"Lindo", disse a sra. Manresa, "lindo...", murmurou. Ela acendia um cigarro. A brisa apagou o palito de fósforo. Giles fez uma concha com a mão e acendeu outro. Ela também estava isenta − por qual razão, ele não sabia.

"Uma vez que você se interessa por pinturas", disse Bartholomew, voltando-se para o silencioso visitante, "por qual razão, me diga, somos nós, como raça, tão incuriosos, imponderados e insensíveis" − a champanhe lhe dera uma fieira de palavras incomuns e pomposas − "diante dessa nobre arte, enquanto a sra. Manresa, se ela me permitir minha liberdade de velho, sabe seu Shakespeare de cor?"

"Shakespeare de cor!", protestou a sra. Manresa. Ela se empertigou. "Ser ou não ser, eis a questão. Se é mais nobre... Continue!", ela cutucou Giles, que estava sentado ao seu lado.

"Fugir e logo esquecer o que tu no meio das folhas nunca conheceste..." Isa supriu as primeiras palavras que lhe vieram à cabeça como uma forma de livrar o marido da dificuldade.

"A fadiga, a tortura, e o infortúnio...", acrescentou William Dodge, enterrando o toco do cigarro numa greta entre duas pedras.

"Certo!", exclamou Bartholomew, erguendo o indicador. "Isso o prova! Que molas são acionadas, que gaveta secreta exibe seus tesouros, quando digo" − ele ergueu mais dedos − "Reynolds! Constable! Crome!"

"Por que chamados de 'Velhos'?", intrometeu-se a sra. Manresa.

"Não temos as palavras − não temos as palavras", protestou a sra. Swithin. "Por detrás dos olhos; não nos lábios; nada mais."

"Pensamentos sem palavras", ponderou o irmão. "Será isso?"

"Muito além do meu alcance!", exclamou a sra. Manresa, balançando a cabeça. "Complicado demais! Posso me servir? Sei que é errado. Mas atingi a idade − e a silhueta − em que faço o que gosto."

Ela pegou a jarrinha de prata do creme e deixou o macio fluido espiralar voluptuosamente no café, ao qual acrescentou uma pazinha cheia de açúcar cristal escuro. Sensualmente, ritmicamente, ela mexeu e remexeu a mistura.

"Pegue o que quiser! Sirva-se!", exclamou Bartholomew. Ele sentia a champanhe indo embora e se apressava, antes que o último traço de genialidade fosse embora, em lhe extrair o máximo possível, como se lançasse um último olhar a um quarto todo iluminado antes de ir para a cama.

A filha rebelde, à tona uma vez mais na maré da benevolência do velho, olhou por sobre a xícara de café para Giles, com o qual se sentia em cumplicidade. Uma linha os unia − visível, invisível, como aquelas linhas, ora visíveis, ora não, que unem as tremulantes folhas de relva no outono antes de o sol nascer. Ela o encontrara apenas uma vez, numa partida de críquete. E então se tramara entre eles a linha do alvorecer antes que emergissem os brotos e as folhas da amizade real. Ela olhava antes de beber. Olhar fazia parte do beber. Por que desperdiçar a sensação, ela parecia perguntar, por que desperdiçar uma única gota que possa ser espremida deste sumarento, deste maduro, deste adorável mundo? Então ela bebeu. E o ar ao seu redor virou uma trama de sensações. Bartholomew as sentia; Giles as sentia. Fosse ele um cavalo, sua fina pele castanha teria se contraído, como se uma mosca tivesse pousado ali. Isabella também se contraiu. O ciúme, a raiva perfuravam-lhe a pele.

"E agora", disse a sra. Manresa, largando a xícara, "sobre este espetáculo – este *pageant* em que nos metemos" – ela fazia com que também ele parecesse maduro como o damasco em que as vespas cavavam buracos – "Digam-me, o que será?" Ela se virou. "Ouço algo?" Ela se pôs à escuta. Ela ouvia risadas lá embaixo, no meio dos arbustos, onde o terraço mergulhava nos arbustos.

Depois do lago de ninfeias o terreno afundava novamente, e naquele declive do terreno arbustos e sarças tinham se aglomerado. Estava sempre sombreado; entremeado de sol no verão, escuro e úmido no inverno. No verão, sempre havia borboletas; as fritilárias dardejando; as almirantes-vermelhos banqueteando-se e flutuando; as brancas-da-couve modestamente adejando ao redor de um arbusto, como ordenhadeiras em musselina, contentes por passarem ali toda uma vida. A caça às borboletas, geração após geração, começou ali; para Bartholomew e Lucy; para Giles; para George começara apenas anteontem, quando, com sua redinha verde, ele pegara uma branca-da-couve.

Era o lugar apropriado para um camarim, assim como, obviamente, o terraço era o lugar próprio para uma peça de teatro.

"O lugar próprio!", exclamou a srta. La Trobe quando veio em visita pela primeira vez e lhe mostraram a propriedade. Era um dia de inverno. As árvores estavam então desfolhadas.

"Este é o lugar para um *pageant*, sr. Oliver!", exclamara. "O vento que entra e sai por entre as árvores...." Ela acenou para as árvores nuas à límpida luz de janeiro.

"Ali o palco; aqui a plateia; e lá embaixo, no meio dos arbustos, um camarim perfeito para os atores."

Ela estava sempre toda ansiosa para fazer as coisas acontecerem. Mas de onde viera ela? Com esse nome ela não era, aparentemente, inglesa pura. Das Ilhas do Canal talvez? Apenas os olhos e algo mais nela sempre faziam a sra. Bingham suspeitar de que ela tinha algum sangue russo. Aqueles olhos fundos; aquele maxilar muito quadrado lembravam-lhe — não que ela tivesse estado na Rússia — os tártaros. Corria o rumor de que ela tivera uma casa de chá em Winchester; de que fracassara. De que fora atriz. De que fracassara. Comprara um chalé de quatro peças que partilhava com uma atriz. Elas se desentenderam. Muito pouco se sabia realmente sobre ela. Por fora era trigueira, robusta e atarracada; andava a passos largos pelos campos vestida numa bata; às vezes com um cigarro na boca; muitas vezes com um chicote na mão; e empregava uma linguagem um tanto pesada — talvez, então, ela não fosse realmente uma dama? Seja como for, tinha uma paixão por fazer as coisas acontecerem.

A risada se extinguira.

"Eles vão atuar?", perguntou a sra. Manresa.

"Atuar; dançar; cantar; um pouco de tudo", disse Giles.

"A srta. La Trobe é uma mulher de uma energia admirável", disse a sra. Swithin.

"Ela faz todo mundo fazer alguma coisa", disse Isabella.

"Nosso papel", disse Bartholomew, "é o de ser a plateia. E é também um papel muito importante."

"Também fornecemos o chá", disse a sra. Swithin.

"Não devíamos ir ajudar?", disse a sra. Manresa. "Cortar o pão e passar a manteiga?"

"Não, não", disse o sr. Oliver. "Somos a plateia."

"Num ano tivemos *A agulha de Gammer Gurton*", disse a sra. Swithin. "Um ano nós mesmos escrevemos a peça. O filho de nosso ferreiro — Tony? Tommy? — tinha a voz mais bonita. E Elsie, de Crossways — como ela imitava! Imitou a nós todos. Bart; Giles; a Velha Avoada — quer dizer, eu mesma. As pessoas têm talento — muito. A questão é — como trazê-lo à luz? É nisso que ela é tão hábil — a srta. La Trobe. Naturalmente, há toda a literatura inglesa de onde escolher. Mas se pode escolher? Com frequência, num dia chuvoso, eu começo a contar; o que li; o que não li."

"E deixando os livros no chão", disse o irmão. "Como o porquinho da história; ou era um burro?"

Ela deu uma risada, batendo de leve no joelho dele.

"O burro que não conseguia escolher entre o feno e os nabos e assim morreu de fome", explicou Isabella, interpondo – qualquer coisa – entre a tia e o marido, que detestava esse tipo de conversa nesta tarde. Livros se abrem; nenhuma conclusão obtida; e ele sentado na plateia.

"Nós permanecemos sentados" – "Nós somos a plateia." As palavras, nesta tarde, se recusavam a ficar deitadas na frase. Elas se erguiam, se mostravam ameaçadoras e agitavam o punho na nossa direção. Nesta tarde ele não era o Giles Oliver que ia ver os moradores apresentarem seu *pageant* anual; ele estava acorrentado a uma rocha e forçado a contemplar passivamente um horror indescritível. Seu rosto demonstrava-o; e Isa, não sabendo o que dizer, abrupta e meio propositadamente, derrubou uma xícara de café.

William Dodge apanhou-a a meio caminho. Segurou-a por um instante. Emborcou-a. Pela marca azul desbotada, como que de adagas cruzadas, no esmalte vitrificado do fundo, ele sabia que era inglesa, feita talvez em Nottingham; data, por volta de 1760. Sua expressão, ao avaliar as adagas, deu a Giles outro gancho no qual pendurar sua raiva, tal como se pendura, convenientemente, um casaco num gancho. Um bajulador; um lambe-botas; não um homem inequivocamente franco, em seu pleno juízo; mas um provocador e futriqueiro; um manipulador de sensações; detalhista e exigente; um gaiato e galhofeiro; não um homem que tenha um amor normal por uma mulher – sua cabeça estava perto da de Isa – mas simplesmente um — Diante dessa palavra, que não conseguia pronunciar em público, ele franziu os lábios; e o anel de sinete no dedo mínimo parecia mais vermelho, pois a carne perto dele empalideceu ao agarrar o braço da cadeira.

"Oh, que diversão!", exclamou a sra. Manresa em sua voz aflautada. "Um pouquinho de tudo. Uma canção; uma dança; depois, uma peça representada pelos próprios moradores. Apenas," aqui ela virou a cabeça na direção de Isabella, "tenho certeza de que foi *ela* quem a escreveu. Não foi você, sra. Giles?"

Isa ficou ruborizada, negando.

"Quanto a mim", continuou a sra. Manresa, "para falar com toda a franqueza, não consigo juntar duas palavras. Não sei como isso se dá – tagarela que sou com a língua, assim que pego uma caneta —". Ela fez um trejeito, apertando os dedos como se segurasse uma caneta. Mas a caneta que ela assim segurava em cima da pequena mesa simplesmente se recusava a se mexer.

"E a minha caligrafia – tão grande – tão desajeitada –". Ela fez outro trejeito e largou a caneta invisível.

Muito delicadamente William Dodge ajeitou a xícara no pires. "Agora *ele*", disse a sra. Manresa, como se estivesse se referindo à delicadeza com que ele fizera isso e imputando-lhe a mesma habilidade na caligrafia, "escreve magnificamente. Cada letra perfeitamente formada."

Novamente todos olharam para ele. Instantaneamente, ele pôs as mãos nos bolsos.

Isabella adivinhava a palavra que Giles não pronunciara. Ora, era errado se ele fosse aquela palavra? Por que julgarmos uns aos outros? Conhecemos uns aos outros? Não aqui, não agora. Mas em algum lugar, esta bruma, este receio, esta escuma, este anseio — Ela ficou à espera de uma rima, ela lhe escapava; mas em algum lugar um sol seguramente iria brilhar e tudo, sem nenhuma dúvida, se tornaria claro.

Ela se sobressaltou. De novo, sons de riso chegavam até ela.

"Acho que os ouço," disse ela. "Estão se aprontando. Estão se vestindo no meio dos arbustos."

A srta. La Trobe andava de um lado para o outro entre as bétulas inclinadas. Uma das mãos estava profundamente enfiada no bolso do casaco; a outra segurava uma folha de papel almaço.

Ela lia o que estava escrito ali. Parecia um comandante percorrendo a passo o seu convés. As graciosas árvores inclinadas, com braceletes negros circundando a casca prateada, estavam mais ou menos separadas pela distância de um navio.

Chuvoso ou ensolarado? Ali vinha o sol; e, protegendo os olhos na atitude típica de um almirante em seu convés, ela decidiu correr o risco de fazer a apresentação ao ar livre. As dúvidas acabaram. Todas as indumentárias, ordenou ela, deviam ser levadas do Celeiro para os arbustos. Isso foi feito. E os atores, enquanto ela caminhava a passo de um lado para o outro, assumindo toda a responsabilidade por apostar no sol e não na chuva, vestiam-se no meio das sarças. Daí as risadas.

As vestimentas estavam espalhadas pela grama. Coroas de papelão, espadas de papel-alumínio, turbantes que tinham sido panos de prato de segunda espalhavam-se sobre a grama ou estavam jogados em cima dos arbustos. Havia poças de rubro e púrpura à sombra; lampejos de prata ao sol. As vestimentas atraíam as borboletas. O rubro e o prata, o azul e o amarelo exalavam calor e doçura. As almirantes-vermelhos glutonamente absorviam a suculência dos panos de prato, as brancas-da-couve bebiam a frieza gélida do papel-alumínio. Esvoaçando, provando, retornando, elas saboreavam as cores.

A srta. La Trobe interrompeu suas passadas e inspecionou o cenário. "Tem os ingredientes...", murmurou ela. Pois outra peça sempre pairava por detrás da peça que ela recém acabara de escrever. Protegendo os olhos com a mão, ela observava. As borboletas circulando; a luz mudando; as crianças saltando; as mães rindo — "Não, não me ocorre nada", resmungou ela, retomando sua caminhada.

"Mandona", era como a chamavam na intimidade, tal como chamavam a sra. Swithin de "Avoada". O jeito abrupto e o físico atarracado; os tornozelos grossos e os sapatos pesados; as decisões rápidas, gritadas em sons guturais – tudo isso "dava-lhes nos nervos". Ninguém gostava de receber ordens individualmente. Mas em pequenas tropas eles recorriam a ela. Alguém deve liderar. Assim eles também podiam atribuir-lhe a culpa. E se chovesse?

"Srta. La Trobe!", eles a chamavam agora. "Qual é a ideia?"

Ela se deteve. David e Iris tinham, ambos, uma das mãos sobre o gramofone. Ele devia ficar escondido; mas próximo o suficiente da plateia para ser ouvido. Ora, não tinha ela dado as ordens? Onde estavam os cavaletes cobertos de folhas? Tragam-nos. O sr. Streatfield dissera que ia tratar disso. Não há nenhum clérigo à vista. É possível que esteja no Celeiro? "Tommy, vá buscá-lo." "O Tommy é indispensável na primeira cena." "O Beryl então..." As mães discutiam. Uma criança fora selecionada; outra, não. Cabelo claro era injustamente preferível a cabelo escuro. A sra. Ebury proibira Fanny de atuar por causa da urticária. Havia no vilarejo outro nome para urticária.

O chalé da sra. Ball não era o que se pode chamar de limpo. Na última guerra a sra. Ball vivera com outro homem durante o tempo em que o marido estivera nas trincheiras. Tudo isso a srta. La Trobe sabia, mas ela se recusava a se deixar envolver nesse tipo de coisa. Ela se atirava de chapa no meio da malha fina feito uma enorme pedra no meio do lago de ninfeias. A trama era dilacerada. Apenas as raízes sob a água eram de utilidade para ela. A vaidade, por exemplo, tornava todos eles maleáveis. Os garotos queriam os papéis importantes; as garotas queriam as roupas bonitas. As despesas tinham que ser reduzidas. Dez libras era o limite. As convenções eram, pois, revoltantes. Envoltos em convenções, eles não conseguiam, ao contrário dela, perceber que, ao ar livre, um pano de prato enrolado na cabeça era mais suntuoso que seda genuína. Assim, eles brigavam por nada; mas ela se mantinha fora disso. Esperando pelo sr. Streatfield, ela caminhava a passo por entre as bétulas.

As outras árvores eram magnificamente retas. Não eram demasiadamente regulares; mas regulares o suficiente para sugerir as colunas de uma igreja; numa igreja sem teto; numa catedral a céu aberto, num lugar em que as andorinhas, dardejando, pareciam, pela regularidade das árvores, formar um padrão, dançando, como os russos, só que não segundo a música, mas segundo o ritmo inaudito de seus próprios e selvagens corações.

A risada extinguiu-se.

"É pela perseverança que ganharemos nossa alma", disse novamente a sra. Manresa. "Ou poderíamos ajudar", sugeriu ela, olhando por cima dos ombros, "com aquelas cadeiras?"

Candish, o jardineiro, e uma criada, estavam os dois carregando cadeiras – para a plateia. Não havia nada que a plateia pudesse fazer. A sra. Manresa abafou um bocejo. Eles estavam silenciosos. Olhavam a paisagem como se algo pudesse acontecer num daqueles campos para aliviá-los da intolerável carga de ficarem ali sentados, juntos e em silêncio, sem fazerem nada. Os corpos e as mentes estavam muito próximos, mas não o suficiente. Não estamos livres, sentia, separadamente, cada um deles, para sentir ou pensar separadamente, nem para cair no sono. Estamos muito próximos; mas não o suficiente. Então se inquietavam.

O calor aumentara. As nuvens tinham desaparecido. Tudo era sol agora. A paisagem posta a nu pelo sol estava aplainada, silenciada, sossegada. As vacas estavam imóveis; a parede de tijolo, não mais protegendo, rebatia partículas de calor. O velho sr. Oliver suspirava profundamente. A cabeça balançava; uma das mãos afundava. Afundou até chegar a uma polegada da cabeça do cão deitado na grama, ao seu lado. Então, com um puxão, ele a trouxe de volta para cima do joelho.

Giles fazia cara feia. Com as mãos rigidamente apertadas ao redor dos joelhos, ele fitava as planícies. Olhando fixo, de cara feia, ele se sentava em silêncio.

Isabella sentia-se aprisionada. Através das barras da prisão, através da bruma do sono que as desviava, as flechas rombudas deixavam-na ferida; de amor, depois de ódio. Através dos corpos de outras pessoas ela não sentia, distintamente, nem amor nem ódio. Mais conscientemente, ela sentia – tomara vinho doce no almoço – um desejo por água. "Uma caneca de água fria, uma caneca de água fria", repetia ela, e via a água circundada por paredes de vidro brilhante.

A sra. Manresa ansiava por descansar e enroscar-se num canto com uma almofada, uma revista ilustrada e um saco de bombons.

A sra. Swithin e William examinavam a paisagem indiferente e distanciadamente.

Quão tentador, quão imensamente tentador, deixar a paisagem triunfar; refletir sua ondulação; deixar a própria mente ondular; deixar os contornos se prolongarem e se jogarem – assim – com um movimento brusco.

A sra. Manresa rendeu-se, jogou-se, mergulhou, depois se ergueu.

"Que paisagem!", exclamou, fingindo se desfazer da cinza do cigarro, mas, na verdade, disfarçando um bocejo. Então, ela suspirou, fingindo expressar não sua sonolência, mas algo ligado ao que sentia a respeito de paisagens.

Ninguém lhe deu resposta. As planícies brilhavam num amarelo esverdeado, amarelo azulado, amarelo avermelhado, depois novamente azulado. A repetição era absurda, horrenda, estupefaciente.

"Então", disse a sra. Swithin, em voz baixa, como se o momento exato para falar tivesse chegado, como se ela o tivesse prometido e fosse hora de cumprir sua promessa, "venha, venha, vou mostrar-lhe a casa."

Ela não se dirigia a ninguém em particular. Mas William Dodge sabia que ela se referia a ele. Ele se ergueu de um pulo, como um brinquedo repentinamente erguido por um cordão.

"Que energia!", disse a sra. Manresa, em parte suspirando, em parte bocejando. "Terei eu a coragem de também ir?", perguntou-se Isabella. Eles estavam saindo; acima de tudo, ela desejava água fria, uma caneca de água fria; mas o desejo se extinguiu, reprimido pelo opressivo dever que ela tinha para com os outros. Ela os viu saindo – a sra. Swithin vacilante mas com passinhos rápidos; e Dodge, desdobrado e aprumado, caminhando ao lado dela a passos largos pelos ladrilhos abrasadores, ao longo do muro quente, até atingirem a sombra da casa.

Uma caixa de fósforos foi ao chão – a de Bartholomew. Seus dedos a tinham soltado; ele a deixara cair. Ele desistiu do jogo; não podia ser incomodado. A cabeça para o lado, a mão solta na cabeça do cão, ele dormia; ele roncava.

A sra. Swithin se deteve por um instante no salão, entre as mesas com pés de garras douradas.

"Esta", disse ela, "é a escada. E agora – para cima vamos nós."

Ela subiu, dois degraus à frente de seu convidado. Faixas de cetim amarelo se descerravam numa tela rachada à medida que subiam.

"Não é uma ancestral", disse a sra. Swithin ao chegarem ao nível da cabeça da pintura. "Mas nós a reivindicamos porque a conhecemos – oh, por muitíssimos anos. Quem era ela?", perguntou-se, olhando-a maravilhada. "Quem a pintou?" Ela sacudiu a cabeça. Ela parecia iluminada como que para um banquete, o sol jorrando sobre ela.

"Mas gosto mais dela ao luar", refletiu a sra. Swithin, e subiu mais alguns degraus.

Ela ofegava levemente enquanto subia. Então ela correu a mão pelos livros afundados na parede junto ao patamar como se fossem flautas de Pã.

"Aqui estão os poetas dos quais descendemos por intermédio da mente, sr....", murmurou ela. Esquecera o nome dele. Entretanto, ela o destacara dos demais.

"Meu irmão diz que construíram a casa em direção ao norte pelo abrigo, não ao sul pelo sol. Assim, eles ficam úmidos no inverno. Ela fez uma pausa. "E o que vem agora?"

Ela se deteve. Havia uma porta.

"A sala de estar matinal." Ela abriu a porta. "Onde minha mãe recebia os convidados."

Duas poltronas ficavam de frente uma para a outra em cada lado de um console de lareira finamente estriado. Ele olhou por sobre os ombros dela.

Ela fechou a porta.

"Agora para cima, agora de novo para cima." De novo eles subiam. "Para cima, para cima eles iam", ela ofegava, vendo, ao que parecia, uma invisível procissão, "para cima, para cima, para a cama."

"Um bispo; um viajante; – esqueci-lhes até os nomes. Eu não sei. Eu esqueço."

Ela parou diante de uma janela do corredor e puxou a cortina. Lá embaixo estava o jardim, banhado pelo sol. A grama estava lisa e brilhante. Três pombos brancos flertavam e andavam nas pontas dos pés, tão enfeitados quanto damas em vestido de baile. Seus elegantes corpos bamboleavam sobre as patinhas rosadas enquanto caminhavam a passos miúdos pela grama. De repente, eles se ergueram agitados, voltearam, e se foram.

"Agora", disse ela, "aos quartos." Ela bateu duas vezes, muito marcadamente, numa porta. Com a cabeça virada, ela se pôs à escuta.

"Nunca se sabe", murmurou ela, "se não há alguém lá dentro." Em seguida, com um empurrão ela abriu a porta.

Ela meio que esperava ver alguém ali, nu, ou se vestindo, ou ajoelhado em oração. Mas o quarto estava vazio. O quarto estava limpo como água cristalina, fazia meses que ninguém dormia ali, era um quarto de hóspedes. Havia velas em cima da penteadeira. A colcha estava esticada. A sra. Swithin parou ao lado da cama.

"Aqui", disse, "sim, aqui", ela tocou na colcha, "eu nasci. Nesta cama."

Sua voz se apagou. Ela se deixou cair na beira da cama. Estava cansada, sem dúvida, pela escada, pelo calor.

"Mas temos outras vidas, é o que penso, é o que espero", murmurou ela. "Vivemos nos outros, sr.... Vivemos nas coisas."

Ela falava de maneira simples. Ela falava com esforço. Ela falava como se devesse superar seu cansaço por caridade para com um estranho, um convidado. Esquecera-lhe o nome. Duas vezes ela dissera "sr." e se interrompeu.

A mobília era de meados da era vitoriana, comprada no Maples, talvez, nos anos quarenta. O tapete estava coberto de manchinhas roxas. E um círculo branco marcava o lugar, ao lado do lavatório, onde antes ficava a vasilha de dejetos.

Poderia ele dizer "Meu nome é William"? Ele o desejava. Velha e frágil, ela escalara os degraus da escada. Ela expressara seus pensamentos, não fazendo caso e pouco se importando se ele a julgava, como ele de fato fizera, inconsequente, sentimental, tola. Ela lhe dera a mão para ajudá-lo na subida de um lugar íngreme. Ela adivinhara seu problema. Ele a ouvia cantar, sentada na cama, balançando suas pernas curtas: "Venha ver minhas algas marinhas, venha ver minhas conchas marinhas, venha ver meu passarinho saltando no poleiro" – uma antiga canção infantil para consolar uma criança. Em pé ao lado do armário, no canto, ele a via refletida no espelho. Separados de seus corpos, seus olhos sorriam, seus olhos sem corpo, para seus olhos no espelho.

Então, escorregando, ela saiu da cama.

"Agora", disse ela, "o que vem a seguir?", e saiu aos passinhos pelo corredor. Uma porta estava aberta. Todos estavam do lado de fora, no jardim. O quarto estava como um navio abandonado pela tripulação. As crianças estiveram brincando – havia um cavalo malhado no meio do tapete. A babá estivera costurando – havia um retalho de linha em cima da mesa. O bebê estivera no berço. O berço estava vazio.

"O quarto das crianças", disse a sra. Swithin. As palavras se elevavam e se tornavam simbólicas. "O berço de nossa raça", ela parecia dizer.

Dodge se aproximou da lareira e contemplou o cão terra-nova no Anuário Natalino que estava fixado na parede. O quarto cheirava a calidez e doçura; roupas secando; leite; bolachas e água morna. "Bons amigos" era o título da gravura. Um som penetrante entrou pela porta aberta. Ele se virou. A velha senhora saíra sem propósito para o corredor e debruçava-se à janela.

· 52 ·

Ele deixou a porta aberta para o pessoal entrar na volta e se juntou a ela.

Lá embaixo no pátio, sob a janela, os carros se juntavam. Suas capotas pretas e estreitas se assentavam uma ao lado da outra como as peças de um assoalho. Os choferes desembarcavam; aqui, velhas senhoras cuidadosamente estendiam suas pernas negras com sapatos de fivela prateada; velhos senhores, suas calças listradas. Moços de bermuda desembarcavam de um lado; moças com pernas cor de pele do outro. Havia um ronronar e um chocalhar do cascalho amarelo. A plateia estava se reunindo. Mas eles, da janela olhando para baixo, eram os vagabundos, os marginais. Ali, juntos, eles inclinavam a metade do corpo para fora da janela.

E então uma brisa soprou e todas as cortinas de musselina esvoaçaram, como se uma majestosa Deusa, erguendo-se, entre seus pares, do trono, tivesse sacudido seu traje cor de âmbar, e os outros deuses, vendo-a erguer-se e ir embora, tivessem caído no riso, e seu riso a tivesse posto a flutuar.

A sra. Swithin passou as mãos nos cabelos, pois a brisa os desalinhara.

"Sr....", começou ela.

"Meu nome é William", interrompeu ele.

Ao que ela sorriu um sorriso de moça encantadora como se o vento tivesse aquecido o azul glacial de seus olhos, dando-lhes uma cor de âmbar.

"Eu o roubei", desculpou-se ela, "de seus amigos, William, porque me sentia tensionada aqui...." Ela tocou a testa ossuda sobre a qual uma veia azul coleava como um verme azul. Mas os olhos em suas cavernas de osso ainda cintilavam. Ele via apenas os olhos. E desejava ajoelhar-se à sua frente, beijar-lhe as mãos e dizer: "Na escola me seguraram embaixo de um balde de água suja, sra. Swithin; quando olhei para cima, o mundo era sujo, sra. Swithin; então, me casei; mas meu filho não é meu filho, sra. Swithin. Sou meio-homem, sra. Swithin; uma pequena serpente vacilante e de mente dividida no meio da grama, sra. Swithin; como Giles percebeu; mas a senhora me curou...." Era o que ele queria dizer; mas não disse nada; e a brisa se demorava ao longo dos corredores, soprando as cortinas.

Uma vez mais ele olhou, e ela olhou, para baixo, para o cascalho amarelo que formava uma meia-lua em volta da porta. Pendendo da corrente, seu crucifixo, quando ela se inclinou para fora, oscilou e o sol bateu nele. Como podia ela se deixar oprimir por aquele reluzente símbolo? Como podia se identificar, ela, tão volátil, tão errante, com aquela imagem? Assim que olhou para ela, eles não eram mais vagabundos. O ronronar das rodas tornou-se vocal. "Corram, corram, corram", parecia dizer, "ou chegarão atrasados. Corram, corram, corram, ou os melhores lugares serão tomados."

"Oh", exclamou a sra. Swithin, "ali está o sr. Streatfield!" E eles viram um clérigo, um clérigo robusto, carregando um cavalete, um cavalete coberto de folhas. Ele caminhava a passos largos pelo meio dos carros com o ar de uma pessoa de autoridade, que é aguardada, esperada, e agora chega.

"É hora", disse a sra. Swithin, "de juntar-se –". Ela deixou a frase incompleta, como se ela tivesse duas opiniões, e elas esvoaçassem para a direita e para a esquerda, como pombos erguendo-se da grama.

A plateia se reunia. Eles afluíam ao longo das trilhas e se espalhavam pelo gramado. Alguns eram velhos; alguns estavam na flor da idade. Havia crianças entre eles. Entre eles, como podia ter observado o sr. Figgis, havia representantes de nossas mais respeitáveis famílias – os Dyces de Denton; os Wickhams de Owlswick; e assim por diante. Algumas tinham estado ali havia séculos, sem nunca ter vendido um só acre. Por outro lado, havia os adventícios, como os Manresas, modernizando as casas antigas, anexando banheiros. E um pouco de tudo, como o sr. Cobbet de Cobbs Corner, aposentado, como era sabido, com uma pensão, de uma fazenda de chá. Sem posses. Ele mesmo fazia o serviço doméstico e cavava o jardim. A construção de uma fábrica de carros e de um aeródromo nas imediações atraíra um bom número de residentes flutuantes e sem ligações. Havia também o sr. Page, o repórter, representando o jornal local. Grosseiramente falando, entretanto, estivesse ali Figgis em pessoa e fizesse uma chamada, a metade das damas e dos cavalheiros ali reunidos teria dito: "Presente; aqui estou, no lugar de meu avô ou bisavô", conforme fosse o caso. Neste exato momento, às três e meia de um dia de junho de 1939, eles se cumprimentavam e, à medida que tomavam seu assento, se possível um ao lado do outro, diziam: "Aquela casa nova, medonha, em Pyes Corner! Que coisa horrorosa! E aqueles bangalôs! – você viu?"

De novo, tivesse Figgis feito a chamada dos nomes dos moradores, também eles teriam respondido. A sra. Sands era, em solteira, Iliffe; a mãe de Candish era um dos Perrys. Os montículos verdes do cemitério da igreja tinham sido erigidos pelas escavações deles, que, ao longo dos séculos, tinham tornado a terra quebradiça. É verdade, havia os ausentes quando o sr. Streatfield fez a chamada na igreja. A motocicleta, o ônibus a motor e os filmes – quando o sr. Streatfield fez a chamada, ele pôs a culpa nessas coisas.

Filas de cadeiras, espreguiçadeiras, cadeiras douradas, cadeiras de vime alugadas e bancos de jardim nativos tinham sido dispostos no terraço. Havia assentos de sobra para todo mundo. Mas alguns preferiam sentar-se no chão. A srta. La Trobe certamente falara a verdade quando disse: "O lugar certo para um *pageant*!" O gramado era tão plano quanto o assoalho de um teatro. O terraço, elevando-se, configurava um palco natural. As árvores, servindo de pilares, demarcavam o palco. E a figura humana era vista em destaque contra um pano de fundo feito de céu. Quanto ao tempo, estava se revelando, contra todas as expectativas, um dia lindíssimo. Uma perfeita tarde de verão.

"Que sorte!", estava dizendo a sra. Carter. "No ano passado..." Então a peça começou. Era ou não era a peça? Treque, treque, treque, era o som que vinha dos arbustos. É o barulho que faz um aparelho quando está falhando. Alguns se sentaram ligeiro; outros, contritos, pararam de falar. Todos olhavam na direção dos arbustos. Pois o palco estava vazio. Treque, treque,

· 55 ·

treque, o aparelho zoava nos arbustos. Enquanto olhavam apreensivos e alguns terminavam suas frases, uma menina, como um botão de rosa, de rosa vestida, avançou; posicionou-se em cima de uma esteira, atrás de uma concha adornada com folhas e pipilou:

Senhores nobres e gente do povo, dirijo-me a vós todos...

Isto era a peça então. Ou era o prólogo?

Vinde aqui para o nosso festival (prosseguiu ela)

Isto é um *pageant*, todos podem ver

Extraído da história de nossa ilha.

Sou a Inglaterra....

"Ela é a Inglaterra", murmuraram. "Começou." "O prólogo", acrescentaram, espiando o programa.

"Sou a Inglaterra", pipilou de novo; e parou.

Ela havia esquecido sua fala.

"Ouçam! Ouçam!", disse vivamente um senhor velho num colete branco. "Bravo! Bravo!"

"Malditos!", praguejou a srta. La Trobe, escondida atrás de uma árvore. Ela correu os olhos pela primeira fila. Eles olhavam fixamente como se tivessem sido expostos a uma geada que os queimara e fixara todos no mesmo plano. Apenas Bond, o vaqueiro, parecia solto e natural.

"Música!", sinalizou. "Música!" Mas o aparelho continuava: Treque, treque, treque.

"Uma criança recém-nascida...", incitou ela.

"Uma criança recém-nascida", continuou Phyllis Jones.

Surgida do mar

Cujas vagas insufladas por forte tempestade

Isolaram da França e da Alemanha

Esta ilha.

Ela olhou para trás por cima dos ombros. Treque, treque, treque, zoava o aparelho. Uma turma grande de moradores em camisas feitas de sacos de aniagem começou a passar para lá e para cá em fila indiana, por trás dela, entre as árvores. Eles cantavam, mas nenhuma palavra chegava à plateia.

Sou a Inglaterra, continuava Phyllis Jones, de frente para a plateia,

Agora pequena e fraca

Uma criança, como todos podem ver...

Suas palavras salpicavam a plateia como se fora um chuvisco de pedrinhas duras. A sra. Manresa, bem no centro, sorria; mas ela tinha a impressão de que sua pele rachava quando sorria. Havia um vasto vazio entre ela, os moradores que cantavam e a menina que pipilava.

Treque, treque, treque, continuava o aparelho, como uma ceifadeira num dia de calor.

Os moradores cantavam, mas a metade de suas palavras era levada pelo vento.

Abrindo estradas... ao topo da colina... nós subimos. Embaixo no vale... vimos javalis, porcos, rinocerontes, renas... Fixamo-nos no topo da colina... Moemos as raízes entre mós... Moemos o trigo... até que nós também... repousamos embaixo da t⁻e⁻r⁻r⁻a...

As palavras se esvaeciam. Treque, treque, treque, zoava o aparelho. Então finalmente o aparelho resmungou uma canção:

Armado contra o fado

O valente Rhoderick

Armado e valente

Audaz e insolente

Firme envolvente

Vejam os guerreiros – ei-los que chegam...

A pomposa canção popular vociferava e retumbava. A srta. La Trobe, postada atrás da árvore, observava. Os músculos se afrouxavam; o gelo se quebrava. A dama corpulenta do meio começou a marcar o compasso com a mão na cadeira. A srta. Manresa cantarolava baixinho:

Moro em Windsor, perto da Estalagem.

Royal George é o nome do *pub*.

E acreditem-me, rapazes,

Nenhum convite, como convém...

Ela flutuava na corrente da melodia. Radiando realeza, complacência, bom humor, a garota rebelde era a Rainha do festival. A peça começara.

Mas houve uma interrupção. "Oh", resmungou a srta. La Trobe de trás de sua árvore, "a tortura dessas interrupções!"

"Desculpem pelo atraso", disse a sra. Swithin. Ela abriu caminho pelo meio das cadeiras para sentar-se ao lado do irmão.

"De que se trata? Perdi o prólogo. A Inglaterra? Aquela menina? Agora ela foi embora..."

Phyllis tinha se esgueirado de sua esteira.

"E esta, quem é?", perguntou a sra. Swithin.

Era Hilda, a filha do carpinteiro. Agora estava postada onde a Inglaterra estivera postada.

"Oh, a Inglaterra era...", incitou-a a srta. Trobe.

"Oh, a Inglaterra era agora uma moça", recitou Hilda

("Que bela voz!", exclamou alguém)

Com rosas nos cabelos,

Rosas silvestres, rosas vermelhas,

Ela passeia pelas veredas e escolhe

Uma guirlanda para os cabelos.

"Uma almofada? Muitíssimo obrigada", disse a sra. Swithin, ajeitando a almofada nas costas. Então ela se inclinou para a frente.

"É a Inglaterra do tempo de Chaucer, suponho. Ela celebra o mês de maio, ela colhe nozes. Ela tem flores nos cabelos... Mas os que estão passando às suas costas", disse ela, apontando o dedo. "Os peregrinos de Canterbury? Vejam!"

O tempo todo os moradores passavam, indo e vindo, por entre as árvores. Eles cantavam; mas apenas uma ou duas palavras eram audíveis: "... deixavam sulcos na grama... erguiam a casa na ruela..." O vento levava embora as palavras de ligação de seu canto e, então, no fim, ao chegarem à árvore, eles cantaram:

"Ao relicário do Santo... à tumba... amantes... crentes... viemos..."

Eles se agruparam.

Então houve um rumor e uma interrupção. As cadeiras foram arrastadas. Isa olhou para trás. O sr. e a sra. Rupert Haines, detidos por um acidente na estrada, tinham chegado. Ele, o homem de cinza, estava sentado à direita, várias filas atrás.

Enquanto isso, os peregrinos, tendo prestado sua homenagem à sepultura, estavam, ao que parecia, juntando o feno com o ancinho.

Beijei uma moça e a soltei,
Uma outra deitei ao chão,
Na palha e no feno...

– era o que cantavam, pegando e juntando o feno invisível, quando ela olhou novamente para trás.

"Uma cena da história inglesa", explicou a sra. Manresa à sra. Swithin. Ela falava numa voz vívida e alta, como se a velha senhora fosse surda. "A Inglaterra Alegre."

Ela aplaudia energicamente.

Os cantores saíram em passinhos ligeiros em direção aos arbustos. A canção parou. Treque, treque, treque, tiquetaqueava o aparelho. A sra. Manresa consultou o programa. Isso iria até a meia-noite a menos que pulassem alguma coisa. Os primeiros Bretões; os Plantagenetas; os Tudors; os Stuarts – ela os assinalou, mas provavelmente esquecera um reino ou dois.

"Ambicioso, não é mesmo?", disse ela a Bartholomew, enquanto esperavam. Treque, treque, treque, continuava o aparelho. Era-lhes permitido falar? Era-lhes permitido sair? Não, pois a peça estava em andamento. Contudo o palco estava vazio; apenas as vacas se moviam no campo; apenas o resmungar da agulha do gramofone chegava aos seus ouvidos. O taque, taque, taque parecia mantê-los unidos, extasiados. Nada, absolutamente nada, se mostrava no palco.

"Não tinha nenhuma ideia de que nós parecêssemos tão bonitos", cochichou a sra. Swithin para William. Não tinha? As crianças; os peregrinos; atrás dos peregrinos, as árvores e atrás delas, os campos – a beleza do mundo visível tirava, a ele, o fôlego. Taque, taque, taque, continuava o aparelho.

· 59 ·

"Marcando o tempo", disse o velho Oliver a meia voz.

"Que não existe para nós", murmurou Lucy. "Nós temos apenas o presente."

"Isso não é o bastante?", perguntou-se William. A beleza – isso não é o bastante? Mas Isa inquietava-se. Seus morenos e despidos braços se movimentaram, nervosamente, em direção à cabeça. Ela meio que se virou na cadeira. "Não, não para nós, que temos o futuro," ela parecia dizer. O futuro perturbando nosso presente. A quem ela buscava? William, virando-se, seguindo seus olhos, viu apenas um homem de cinza.

O tique-taque parou. Uma canção dançante foi posta no aparelho. Em compasso com ela, Isa sussurrou: "O que peço eu? Voar é o que eu queria, fugindo da noite e do dia, e ir parar onde – não haja separações – mas onde um olho encontre o outro – e... Oh", gritou: "Olhem para ela!"

Todo mundo aplaudia e dava risadas. De trás dos arbustos surgiu a Rainha Elizabeth – Eliza Clark, detentora de uma licença para vender tabaco. Seria ela a sra. Clark do armazém do vilarejo? Ela estava esplendidamente maquiada. A cabeça, envolta em pérolas, elevava-se de um imenso rufo. Cetins lustrosos cobriam-lhe o corpo. Broches baratos faiscavam como olhos de gato e olhos de tigre; pérolas olhavam para baixo; a capa era feita de fios de prata – na verdade, esfregões usados para polir caçarolas. Ela parecia a época em pessoa. E quando subiu no caixote de sabão, no centro, representando talvez um rochedo no oceano, sua estatura fez com que ela parecesse gigantesca. Ela conseguia, no armazém, alcançar uma manta de toucinho ou mover um tonel de azeite com um simples movimento do braço. Por um instante, ela ficou ali postada, eminente, dominante, em cima do caixote de sabão, com as nuvens azuis e velejantes atrás dela. A brisa se levantara.

A Rainha desta grande terra...

– eram as primeiras palavras que podiam ser ouvidas por cima do ruído da risada e do aplauso.

Senhora dos navios e dos homens barbudos (berrava ela)

Hawkins, Frobisher, Drake,
Despejando suas laranjas, seus lingotes de prata
Suas cargas de diamantes, seus ducados de ouro,
Em cima do píer, lá no oeste, –
(ela apontou o punho na direção do ardente céu azul)
Senhora dos pináculos, das torres e dos palácios –
(o braço estendeu-se em direção à casa)
Para mim Shakespeare cantou –
(uma vaca mugiu. Um pássaro chilreou)
O tordo, o malviz (continuou ela)
No bosque verde, no bosque selvagem,
Gorjearam e cantaram, louvando a Inglaterra, a Rainha,
Então se ouviram também
Sobre o granito e o cascalho
De Windsor a Oxford
Gargalhadas loucas, gargalhadas leves
Do guerreiro e do amante,
Do lutador, do cantante.
A criança de cabelo cinza
(ela esticou o braço trigueiro, musculoso)
Estendeu o braço em contentamento
Enquanto, de volta à casa, das Ilhas
Chegavam os homens do mar....

Aqui o vento deu um repuxão no seu toucado. Os laços de pérolas fizeram com que ele oscilasse. Ela teve que firmar o rufo que ameaçava voar.

"Gargalhadas, gargalhadas loucas", murmurou Giles. A canção no gramofone balançava de um lado para o outro como que ébria de alegria. A sra. Manresa começou a bater o pé e a cantarolar ao mesmo compasso.

"Bravo! Bravo!", gritava ela. "Se ainda arde não é finda a velha chama!" E ela arrulhou as palavras da canção com tal abandono que, embora vulgar, era uma grande contribuição à era elisabetana. Pois o rufo se despregara e a grande Eliza esquecera sua fala. Mas a plateia ria tão alto que pouco importava.

"Temo que não esteja em meu perfeito juízo", murmurou Giles ao mesmo compasso. As palavras vinham à superfície – ele se lembrava de "um veado ferido em cujo flanco delgado o cruel escárnio do mundo cravara seu espinho.... Exilada de seu festival, a música se tornou irônica.... Um frequentador do cemitério da igreja para quem a coruja pia e de quem a hera zomba com panca-panca-pancadinhas na vidraça.... Pois eles estão mortos, e eu... eu... eu", repetia ele, esquecendo-se das palavras e lançando um olhar fulminante na direção da tia Lucy, que estava sentada, o pescoço esticado para a frente, a boca aberta, e as pequenas e ossudas mãos aplaudindo.

De que se riam eles?

Aparentemente, de Albert, o idiota do vilarejo. Não foi preciso paramentá-lo. Ali vinha ele, interpretando seu papel à perfeição. Ele vinha sem pressa pelo gramado, fazendo bocas e caretas.

Sei onde o chapim faz o ninho, começou ele

Na sebe. Eu sei, eu sei –

O que eu não sei?

Todos os seus segredos, minhas damas,

E os seus também, cavalheiros...

Ele saltitava ao longo da primeira fila da plateia, lançando um olhar de esguelha a cada um dos presentes. Agora estava pegando e puxando as saias da Grande Eliza. Ela lhe deu uma bofetada no ouvido. Ele lhe beliscou as costas. Ele estava se divertindo imensamente.

"O Albert está tendo o melhor momento de sua vida", murmurou Bartholomew.

"Espero que ele não tenha um ataque", murmurou Lucy.

"Eu sei... eu sei...", disse Albert, com um risinho, saltitando ao redor do caixote de sabão.

"O idiota do vilarejo", sussurrou uma tal de sra. Elmhurst, robusta, de preto – que vinha de um vilarejo a quinze quilômetros de distância e no qual eles também tinham um idiota. Não era bom. E se, de repente, ele fizesse algo horrível? Ali estava ele puxando as saias da Rainha. Ela meio que cobriu os olhos caso ele realmente fizesse – algo horrível.

Lépido, ligeiro, continuou Albert,

Entrando pela janela, saindo pela porta,

Que coisa ouve o passarinho? (Ele assobiou com os dedos.)

E vejam! Há um rato....

(ele fez de conta que o perseguia pelo meio da grama)

Agora o relógio bate as horas!

(ele se pôs de pé, enchendo as bochechas como se estivesse soprando o pompom de um dente-de-leão)

Uma, duas, três, quatro....

E se escapuliu, como se sua vez tivesse terminado.

"Contente que tenha terminado", disse a sra. Elmhurst, descobrindo o rosto.

"Então, o que vem em seguida? Um quadro vivo...?"

Pois os ajudantes, saindo rapidamente dos arbustos, carregando cavaletes, tinham cercado o trono da Rainha com biombos forrados de papel à guisa de paredes. Eles tinham forrado o chão com juncos. E os peregrinos, que tinham continuado com sua marcha e seu cântico ao fundo, reuniam-se agora ao redor da figura de Eliza em cima do caixote de sabão, como que constituindo a plateia na representação de uma peça.

Estariam eles prestes a representar uma peça na presença da Rainha Elizabeth? Este seria, talvez, o teatro Globe?

"O que diz o programa?", perguntou a sra. Herbert Winthrop, erguendo o binóculo.

Ela resmungava em cima da cópia em carbono borrada. Sim; era uma cena de uma peça.

"Sobre um falso duque; e uma princesa disfarçada de rapaz; então o herdeiro há muito desaparecido revela-se, por um sinal no rosto, ser o mendigo; e Carinthia – trata-se da irmã do duque, mas ela tinha se perdido numa caverna – apaixona-se por Ferdinando, que fora posto num cesto quando bebê por uma velhota. E eles se casam. É o que acontece, acho", disse ela, erguendo os olhos do programa.

"Vamos adiante com a peça", ordenou a grande Eliza. Uma velhota avançou cambaleante.

("A sra. Otter da End House", alguém murmurou.)

Ela se sentou numa caixa de madeira e fez algumas manobras, puxando as madeixas desgrenhadas e se balançando de um lado para o outro como se fosse uma velhota acomodada num cantinho junto à lareira.

("A velhota, que salvou o herdeiro legítimo", explicou a sra. Winthrop.)

Era uma noite de inverno (grasnou ela)

Lembro-me disso, eu para quem tudo é igual agora, verão ou inverno.

Dizeis que o sol brilha? Acredito no que dizeis, senhor.

"Oh, mas é inverno, e a bruma está lá fora"

Tudo é uma coisa só para Elsbeth, verão ou inverno,

Ao lado da lareira, no cantinho da chaminé, contando as contas de seu rosário.

Tenho os meus motivos.

Cada conta (ela pegou uma conta entre o polegar e o indicador)

Um pecado!

Era uma noite de inverno, antes do cantar do galo,

Mas o galo cantou antes de ele me deixar –

O homem encapuzado, e as mãos ensanguentadas

E o bebê no cesto.

"Há, há, há", ele miava, como quem dissesse "Quero meu brinquedo"

Pobre sabichão!

"Há, há, há, há, há, há!" Não consegui matá-lo!

Por isso, Maria no céu, perdoe-me

Os pecados que cometi antes do cantar do galo!

Em direção ao riacho na madrugada me esgueirei

Onde a gaivota mora e a garça ergue-se

Como uma estaca à beira dos charcos...

Quem está aí?

(Três rapazes entraram, arrogantes, no palco e abordaram-na)
– "Vieram me torturar, senhores?

Há pouco sangue neste braço,

(ela estendeu o magro antebraço que o andrajoso e frouxo vestido cobria)

Que os Santos do Céu me protejam!

Ela gritava. Eles gritavam. Juntos eles gritavam, e tão alto que era difícil entender o que estavam dizendo: aparentemente era: Lembrava-se ela de ter escondido uma criança num berço no meio dos juncos há mais ou menos vinte anos? Um bebê num cesto, velhota! Um bebê num cesto? gritavam eles. O vento uiva e o abetouro grasna, replicou ela.

"Há pouco sangue em meu braço", repetiu Isabella.

Foi tudo o que ela ouviu. Havia uma tal mixórdia de coisas acontecendo, por causa da surdez da velhota, da gritaria dos rapazes e da confusão do enredo, que ela não compreendia nada daquilo.

Será que o enredo importava? Ela se virou e olhou por sobre o ombro direito. O enredo estava ali só para produzir emoção. Havia apenas duas emoções: amor; e ódio. Não havia nenhuma necessidade de decifrar o enredo. Será que a srta. La Trobe tinha isso em mente quando cortou este nó no meio?

Não se importem com o enredo: o enredo é nada.

Mas o que estava acontecendo? O Príncipe chegara.

Puxando-lhe pela manga, a velhota reconheceu o sinal; e, balançando na cadeira, gritou:

Meu filho! Meu filho!

O reconhecimento teve sequência. O jovem Príncipe (Albert Perry) quase foi sufocado nos braços mirrados da velhota. Então de repente ele se desprendeu dela.

"Vejam, ali vem ela!", exclamou ele.

Todos viram quem vinha ali – Sylvia Edwards em cetim branco.

Quem vinha? Isa olhou. O canto do rouxinol? A pérola na orelha negra da noite? O amor corporificado.

Todos os braços se ergueram; todos os rostos olharam admirados.

Salve, doce Carinthia!, disse o Príncipe, tirando o chapéu num gesto largo. E ela para ele, erguendo os olhos:

Meu amor! Meu senhor!

"Já basta. Basta. Basta", repetia Isa.

Tudo mais era verborreia, repetição.

A velhota, entrementes, porque aquilo bastava, se afundara na cadeira, as contas pendendo-lhe dos dedos.

Observem a velhota ali – a velha Elsbeth está mal!

(Eles se juntaram ao lado dela)

Morta, senhores!

Ela estava caída para trás, sem vida. A multidão se afastou. A Paz, deixem-na passar. Ela, para quem tudo é uma coisa só, verão ou inverno.

A Paz era a terceira emoção. O Amor. O Ódio. A Paz. Três emoções compunham a fibra da vida humana. Agora o sacerdote, cujo bigode algodoado tornava a expressão confusa, deu um passo à frente e proferiu a benção.

Do fuso da intricada meada da vida, soltem-lhe as mãos.

(Desataram-lhe as mãos.)

De sua fragilidade, que nada seja agora lembrado.

Convoquem o tordo de peito rubro e a cambaxirra.

E que rosas junquem tua mortalha carmesim.

(Pétalas eram jogadas de cestos de vime)

Cubram o cadáver. Descanse em paz.

(Cobriram o cadáver)

Sobre vós, belos nobres (ele se voltou para o feliz casal)

Que o Céu derrame bênçãos!

Apressai-vos antes que o invejoso sol

Desfaça a cortina da noite. Que soe a música e o ar livre do Céu vos leve à letargia!

Conduzi a dança!

O gramofone ressoou. Duques, sacerdotes, pastores, peregrinos e serviçais deram-se as mãos e puseram-se a dançar. O idiota corria de um lado para o outro. De mãos dadas, sacudindo a cabeça, eles dançavam ao redor da figura majestosa da era elisabetana personificada pela sra. Clark, autorizada a vender tabaco, em cima de seu caixote de sabão.

Era uma mistura; uma miscelânea; um fascinante espetáculo (para William) de luz e sombra mosqueadas sobre pernas e braços malvestidos, fantasticamente coloridos, saltando, saracoteando, requebrando-se. Ele aplaudiu até lhe doerem as palmas das mãos.

A sra. Manresa aplaudia ruidosamente. De algum modo ela era a Rainha; e ele (Giles) era o soturno herói.

"Bravo! Bravo!", gritava ela, e seu entusiasmo fazia o soturno herói se contorcer em sua cadeira. Então a grande dama na cadeira de rodas, a dama cujo casamento com o par do reino local tinha apagado, com o inútil título dele, um sobrenome que fora um sobrenome quando havia sarças e urzes onde agora se assentava a Igreja – tão nativa era ela que até seu corpo, debilitado pela artrite, parecia um animal estranho, noturno, agora quase extinto – aplaudia e ria alto – a risada intempestiva de um gaio assustado.

"Ha, ha, ha!", ria-se ela, agarrando os braços da cadeira com as mãos tortas e sem luvas.

"As festas de maio, as festas de maio", gritavam eles. "Pra lá e cá e dando voltas, são as festas de maio, as festas de maio...."

Pouco importavam as palavras; ou quem cantava o quê. Em voltas e mais voltas, eles rodopiavam, inebriados pela música. Então, a um sinal da srta. La Trobe, postada atrás da árvore, a dança parou. Um cortejo se formou. A Grande Eliza desceu de seu caixote de sabão. Segurando as saias na mão, saltando em grandes saltos, rodeada de duques e príncipes, seguida pelos amantes que iam de braços dados, com Alberto, o idiota, para lá e para cá, e o cadáver em seu esquife fechando a procissão, a era elisabetana saía de cena.

"Praga! Diabo! Malditos!", a srta. La Trobe, enraivecida, tropeçou na raiz de uma árvore. Eis aí sua ruína; eis aí o Intervalo.

Escrevendo esta lenga-lenga em seu chalé, ela concordara em cortar a peça neste ponto; uma escrava de sua plateia, – da reclamação da sra. Sands – sobre o chá; sobre o jantar; – ela partira a peça aqui. Tal como fermentara a emoção, ela a despejou. Assim, ela deu o sinal: Phyllis! E, convocada, Phyllis irrompeu de novo na esteira, no meio.

Senhores nobres e gente do povo, dirijo-me a vós todos (pipilou ela.)
Nosso ato acabou, nossa cena terminou.
É findo o tempo da velhota e do amante.
O botão floresceu; a flor caiu.
Mas logo virá outra aurora,
Pois o tempo de que somos filhos,
Por pequenos que formos,
Nos tem em sua guarda, vós vereis,
Vós vereis....

Sua voz se apagava. Ninguém estava escutando. A cabeça inclinada, eles liam, no programa, "Intervalo". E, interrompendo as palavras dela, o megafone anunciou em linguagem rasa: "Um intervalo." Meia hora de intervalo para o chá. Então o gramofone vociferou:

Armado contra o fado,
O valente Rhoderick,
Audaz e insolente,
Firme, envolvente, etc., etc.

Ao que a plateia inquietou-se. Alguns se levantaram bruscamente; outros se abaixaram, reavendo bengalas, chapéus, bolsas. A música entoava: Dispersos estamos. Gemia: Dispersos estamos. Lamentava-se: Dispersos estamos, enquanto corriam, salpicando a grama de cor, ao longo dos gramados e pelas trilhas abaixo: Dispersos estamos.

A sra. Manresa assumiu o comando. Dispersos estamos. "Livremente, corajosamente, não temendo ninguém" (ela tirou uma espreguiçadeira do caminho). "Moços e donzelas" (ela olhou para trás: mas Giles estava de costas para ela). "Sigam, sigam, sigam-me.... Oh, sr. Parker, que prazer ver o *senhor* aqui! Sou pelo chá!"

"Dispersos estamos", Isabella a seguia, sussurrando. "Tudo está acabado. A onda quebrou. Deixou-nos encalhados, sem rumo nem norte. Sozinhos, separados, em cima do seixo. Rompeu-se a tríplice fibra... Agora eu sigo" (ela empurrou sua cadeira para trás... O homem de cinza estava perdido no meio da multidão, perto da azinheira) "aquela velha meretriz" (ela invocava a tensa, florida figura da sra. Manresa à sua frente) "para tomar chá."

Dodge ficou para trás. "Devo", murmurou ele, "ir ou ficar? Escapar por algum outro caminho? Ou seguir, seguir, seguir o grupo em dispersão?"

Dispersos estamos, lamuriava a música; dispersos estamos. Giles se mantinha como uma estaca na maré do grupo que fluía.

"Seguir?" Ele empurrou a cadeira para trás com um pontapé. "Quem? Para onde?" Ele bateu na madeira com seus leves tênis. "Para lugar nenhum. Para qualquer lugar." Paradíssimo ele ali ficou.

Aqui, Cobbet de Cobbs Corner, sozinho debaixo da Araucária Chilena, levantou-se e murmurou: "O que ela tem em mente, hein? Que ideia está por trás disso, hein? O que a levou a revestir a antiguidade com este fausto – este falso fascínio, e a fazê-los trepar, trepar, trepar ao topo da Araucária Chilena?"

Dispersos estamos, lamentava-se a música. Dispersos estamos. Ele se virou e seguiu lentamente o grupo que se dispersava.

Agora Lucy, reavendo a bolsa de debaixo da cadeira, chilreou para o irmão:

"Bart, meu querido, venha comigo.... Você se lembra da brincadeira que fazíamos, quando éramos pequenos, no quarto das crianças?"

Ele se lembrava. Os Peles Vermelhas era o nome do jogo; um caniço com um recado enrolado num seixo.

"Mas para nós, minha velha Cindy" – ele apanhou o chapéu – "o jogo acabou." O brilho e o deslumbramento e o ritmo

· 69 ·

do tam-tam, queria ele dizer. Ele lhe ofereceu o braço. E andando se foram. E o sr. Page, o repórter, anotou: "A sra. Swithin: o sr. B. Oliver", e então, voltando-se, acrescentou: "Lady Haslip de Haslip Manor", ao ver aquela velha senhora, levada na cadeira de rodas pelo criado, fechando a procissão.

Ao adeus do gramofone escondido no meio dos arbustos, a plateia foi embora. Dispersos, lamuriava-se ele. Dispersos estamos.

Agora a srta. La Trobe saiu, aos passos, de seu esconderijo. Fluindo e escoando, em cima da grama, em cima do cascalho, ainda assim, por um momento, ela os mantivera juntos – o grupo que se dispersava. Não fizera ela que, por vinte e cinco minutos, eles vissem? Uma visão partilhada era um alívio da agonia... por um único momento... um único momento. Então a música se extinguiu na última palavra, "nós". Ela ouviu a brisa zunir nos ramos. Ela viu Giles Oliver de costas para a plateia. Cobbet de Cobbs Corner também. Ela não os fizera ver. Era um fracasso, outro maldito fracasso! Como sempre. Sua visão lhe escapava. E, virando-se, ela caminhou a passos largos em direção aos atores que trocavam de roupa, lá embaixo, no vale, onde borboletas se banqueteavam em cima de espadas de papel-alumínio; onde panos de prato à sombra formavam poças de amarelo.

Cobbet puxou o relógio do bolso. Três horas para as sete, registrou ele; hora de regar as plantas. Ele se virou.

Giles, tendo fixado a espreguiçadeira na ranhura, também se virou, na outra direção. Ele tomou o atalho que passava pelos campos para chegar ao Celeiro. Neste verão árido a trilha através dos campos estava seca como tijolo. Neste verão árido a trilha estava juncada de pedras. Ele chutou uma pedra amarela silicosa, uma pedra aguda, cortante, como que afiada por um selvagem para servir de flecha. Uma pedra bárbara; e pré-histórica. Chutar pedras era um jogo infantil. Ele se lembrava das regras. Pelas regras do jogo, uma pedra, a mesma pedra, deve ser chutada em direção à meta. Digamos, um portão, ou uma árvore. Ele estava jogando sozinho. O portão era uma meta; a ser atingida com dez chutes. O primeiro era Manresa (luxúria). O segundo, Dodge (perversão). O terceiro, ele próprio (um covarde). E o quarto e o quinto e todos os outros eram a mesma coisa.

Ele a atingiu com dez chutes. Ali, escondida no meio da grama, enroscada num anel verde-oliva, estava uma cobra. Morta? Não, engasgada com um sapo na goela. A cobra não conseguia engoli-lo; o sapo não conseguia morrer. Um espasmo fez suas costelas se contraírem; o sangue gotejava. Era um parto ao revés – uma monstruosa inversão. Então, erguendo o pé, ele os esmagou. A massa se partia e coleava. A lona branca de seus tênis estava ensanguentada e pegajosa. Mas era uma ação. A ação lhe dava alívio. Com sangue nos tênis, ele retomou, a passos largos, sua caminhada em direção ao Celeiro.

O Celeiro, o Nobre Celeiro, o celeiro que fora construído havia mais de setecentos anos e que lembrava, a algumas pessoas um Templo Grego, a outras a Idade Média, à maioria uma época anterior à sua, a quase ninguém o tempo presente, estava vazio.

Os portões estavam abertos. Um feixe de luz descia do teto ao chão feito uma faixa amarela. Guirlandas de rosas de papel, sobras da Coroação, pendiam das vigas. Uma mesa comprida, em cima da qual repousavam um samovar, pratos e xícaras, bolos e pão e manteiga, se estendia numa das extremidades. O Celeiro estava vazio. Ratos entravam e saíam sorrateiramente de buracos ou se mantinham erguidos, roendo. Andorinhas estavam ocupadas com tiras de palha nas bolsas de terra ao longo das vigas. Incontáveis besouros e insetos de todo tipo esquadrinhavam a madeira seca. Uma cadela extraviada fizera do canto escuro em que ficavam as sacas uma esteira de repouso para os filhotes. Todos esses olhos, alargando-se e estreitando-se, alguns adaptados à claridade, outros à escuridão, espiavam de diferentes ângulos e de diferentes cantos. Minúsculas mordiscadas e diminutos murmúrios quebravam o silêncio. Lufadas de doçura e suculência marmorizavam o ar. Uma varejeira azul pousara no bolo e perfurava-lhe a rocha amarela com sua pequena broca.

Uma borboleta banhava-se sensualmente de sol em cima de um prato amarelo ensolarado.

Mas a sra. Sands estava chegando. Aos empurrões, ela abria caminho pelo meio da multidão. Ela tinha virado a esquina. Ela podia ver o portão aberto. Mas borboletas ela nunca via; ratos não passavam de pelotas pretas nas gavetas da cozinha; mariposas ela juntava nas mãos e atirava pela janela. Cadelas sugeriam apenas criadas se comportando mal. Houvesse ali um gato, ela o teria visto – qualquer gato, um gato faminto com uma mancha de sarna na anca abria as comportas de seu coração de mulher sem filhos. Mas não havia nenhum gato. O Celeiro estava vazio. E, assim, correndo, arquejando, empenhada em atingir o Celeiro e assumir seu posto atrás do samovar antes de o grupo chegar, ela atingiu o Celeiro. E a borboleta levantou voo, e a varejeira-azul.

Seguindo-a, numa correria, vinham os criados e ajudantes – David, John, Irene, Lois. A água fervia. O vapor escapava. O bolo era fatiado. Andorinhas se atiravam de uma viga para a outra. E o grupo entrou em cena.

"Este belo e antigo Celeiro...", disse a sra. Manresa, detendo-se à entrada. Não lhe competia passar na frente dos moradores. Competia-lhe, induzida pela beleza do Celeiro, manter-se parada; ficar de lado; admirar-se; deixar as outras pessoas passarem primeiro.

"Temos um muito parecido com este em Lathom", disse a sra. Parker, detendo-se, pelas mesmas razões. "Talvez", acrescentou, "não tão grande".

Os moradores se punham de lado. Depois, aos poucos, hesitantes, seguiam em frente.

"E os enfeites...", disse a sra. Manresa, olhando em volta, em busca de alguém a quem congratular. Ela ficou ali parada, sorrindo, esperando. Então a velha sra. Swithin entrou. Ela

· 72 ·

também olhou para o alto, admirada, mas não com os enfeites. Com as andorinhas, aparentemente.

"Elas vêm todos os anos", disse ela, "as mesmas aves." A sra. Manresa sorriu benevolentemente, rendendo-se à fantasia da velha senhora. Era improvável, pensou, que fossem as mesmas aves.

"Os enfeites, suponho, são os que sobraram da Coroação", disse a sra. Parker. "Nós também guardamos os nossos. Construímos um auditório público."

A sra. Manresa deu uma risada. Ela se lembrava. Ela tinha uma anedota na ponta da língua, sobre um lavatório público construído para comemorar a mesma ocasião, e sobre como o prefeito... Podia ela contá-la? Não. A velha senhora, admirando as andorinhas, parecia muito refinada. "Reefinada" – a sra. Manresa modificou a palavra em proveito próprio, confirmando assim sua aprovação da filha rebelde que era, e cuja natureza era, de algum modo, "apenas a natureza humana". De alguma forma, ela podia abarcar o "reefinamento" da velha senhora assim como o gracejo do rapaz – Onde estava aquele sujeito simpático, Giles? Ela não o enxergava; tampouco a Bill. Os moradores ainda hesitavam. Eles precisavam de alguém que desse a partida.

"Bem, estou louca por um chá!", disse ela em seu tom social; e avançou a passos largos. Ela pegou uma caneca grossa de porcelana. A sra. Sands, naturalmente dando prioridade a uma pessoa da pequena nobreza, encheu-a imediatamente. David deu-lhe uma fatia de bolo. Ela foi a primeira a beber, a primeira a comer. Os moradores ainda hesitavam. "Tenho os olhos voltados para a democracia", concluiu ela. Assim procedeu a sra. Parker, pegando sua caneca. As pessoas olhavam para elas. Elas lideravam; o resto ia atrás.

"Que chá delicioso!", exclamava cada um deles, por mais repugnante que fosse, feito ferrugem fervida em água, além do bolo coberto de ovos de varejeiras. Mas eles tinham um dever para com a sociedade.

"Elas vêm todos os anos", disse a sra. Swithin, ignorando o fato de que ela falava para o ar vazio. "Da África." Tal como vinham, supunha ela, quando o Celeiro era um banhado.

· 73 ·

O Celeiro se enchia. Vapores se erguiam. A porcelana tinia; as vozes tagarelavam. Aos empurrões, Isa abria caminho em direção à mesa.

"Dispersos estamos", murmurava ela. E estendeu a xícara para ser enchida. Ela a puxou de volta. "Deixem-me ir embora...", murmurou, virando-se, "desta procissão" – ela olhou, desolada, ao redor – "de rostos de porcelana, vítreos e duros. Ir, pela picada que leva, sob a nogueira e o pilriteiro, para longe, até chegar à fonte dos desejos, onde o menininho da lavadeira –" ela deixou cair o açúcar, dois torrões, no chá, "deixou cair um alfinete. Ele obteve o seu cavalo, é o que dizem. Mas que desejo deveria eu mergulhar na fonte?" Ela olhou em torno. Ela não conseguia ver o homem de cinza, o fidalgo rural; nem alguém que ela conhecesse. "Que as águas da fonte dos desejos", acrescentou ela, "me cubram."

O ruído da porcelana e da tagarelice abafava o seu murmúrio. "Açúcar?", diziam eles. "Apenas um pingo de leite? E a senhora?" "Chá sem leite nem açúcar. É como eu gosto." "Um tantinho forte? Deixe-me acrescentar água."

"Foi esse o meu desejo", acrescentou Isa, "quando mergulhei meu alfinete. Água. Água.."

"Devo dizer", disse a voz atrás dela, "que é corajoso de parte do Rei e da Rainha. Diz-se que eles vão à Índia. Ela parece tão querida. Alguém que conheço disse que o cabelo dele..."

"Lá", refletia Isa, "quando as folhas caem, a folha morta cairá na água. Devo me preocupar por não voltar a ver o pilriteiro ou a nogueira? Por não voltar a ouvir, no tremulante ramo florido, o tordo cantar, ou não ver, afundando e mergulhando, como se roçasse ondas no ar, o pica-pau amarelo?"

Ela olhava as guirlandas amarelo-canário que tinham sobrado da Coroação.

"Pensei que tivessem dito Canadá, não Índia", disse a voz atrás dela. À qual a outra voz respondeu: "Você acredita no que dizem os jornais? Por exemplo, sobre o Duque de Windsor. Ele desembarcou na Costa Sul. A Rainha Mary foi ao seu encontro.

Ela andou comprando móveis – isto é um fato. E os jornais dizem que ela foi ao seu encontro..."

"Só, sob uma árvore, a árvore seca que passa o dia murmurando sobre o mar, e ouve o Cavaleiro galopar..."

Isa completou a frase. Então teve um susto. William Dodge estava ao seu lado.

Ele sorriu. Ela sorriu. Eram conspiradores; cada um murmurando alguma canção que meu tio me ensinou.

"É a peça", disse ela. "A peça continua revolvendo em minha cabeça." "Salve, doce Carinthia. Meu amor. Minha vida," citou ele.

"Meu senhor, meu soberano", ela, ironicamente, fez uma mesura.

Ela era linda. Ele queria vê-la não contra o samovar, mas, com seus vítreos olhos verdes e seu robusto corpo, o pescoço amplo como um pilar, contra um copo-de-leite ou uma videira. Ele desejava que ela dissesse: "Venha comigo. Vou lhe mostrar a estufa, o chiqueiro ou o estábulo." Mas ela não disse nada, e eles ficaram ali, cada um com sua xícara, rememorando a peça. Então ele viu seu rosto mudar, como se ela tivesse tirado um vestido e posto outro. Um menininho disputava seu caminho por entre a multidão, batendo em saias e calças como se estivesse nadando às cegas.

"Aqui!", gritou ela, erguendo o braço.

Ele foi direto na sua direção. Era o seu menininho, aparentemente, o seu filho, o seu George. Ela lhe deu uma fatia de bolo; e depois uma caneca de leite. Então a babá chegou. Então de novo ela mudou de roupa. Desta vez, pela expressão de seus olhos, era, aparentemente, algo da ordem de uma camisa de força. Hirsuto, elegante, viril, o jovem de jaqueta azul e botões de metal, de pé num feixe de luz acinzentada, era seu marido. E ela, sua mulher. As relações entre os dois, como ele viu durante o almoço, eram, como dizem as pessoas nos romances, "tensas". Como ele notara durante a peça, o braço nu dela se erguia nervosamente até o ombro quando ela se virava – procurando quem? Mas aqui estava ele; e o musculoso, o hirsuto, o viril fez com que ele mergulhasse em emoções nas quais a mente não tinha nenhuma participação. Ele se esqueceu do aspecto que ela teria contra uma folha de videira numa estufa. Apenas para Giles ele olhava; e olhava e olhava. Em quem pensava ele, ali em pé, com o rosto virado? Não em Isa. Na sra. Manresa?

A sra. Manresa, no centro do Celeiro, dera cabo, num gole, de sua xícara de chá. Como posso me livrar, perguntava-se, da sra. Parker? Ainda que fossem de sua própria classe, como elas a aborreciam – de seu próprio sexo! Não a classe abaixo – cozinheiras, balconistas, mulheres de agricultores; nem a classe acima – aristocratas, condessas; eram as mulheres de sua própria classe que a aborreciam. Assim, abruptamente, ela deixou a sra. Parker sozinha.

"Oh, sra. Moore", ela cumprimentou a mulher do estalajadeiro. "O que a senhora achou disso? E o bebê, o que ele achou disso?" Aqui ela beliscou o bebê. "Achei tim-tim por tim-tim tão bom quanto qualquer coisa que tenho visto em Londres.... Mas não vamos ser superados. Vamos ter uma peça toda nossa. Em *nosso* Celeiro. Vamos mostrar para eles" (aqui ela olhou de lado para a mesa; tantos bolos comprados fora, tão poucos feitos em casa) "como *nós* fazemos a coisa."

Então, fazendo seus gracejos, ela se virou; viu Giles; capturou-lhe o olhar; e esquadrinhou-o, acenando-lhe. Ele veio. E o que – ela olhou para baixo – fizera ele com os sapatos? Estavam manchados de sangue. Alguma vaga sensação de que ele pusera sua coragem à prova com vistas à admiração dela deixou-a lisonjeada. Ainda que vaga, era doce. Tomando-o pelo cabresto, ela pensava: Sou a Rainha, ele, meu herói, meu amuado herói.

"Aquela é a sra. Neale!", exclamou ela. "Uma perfeição e uma maravilha de mulher, não é mesmo, sra. Neale? Ela é a responsável pela nossa agência de correio, a sra. Neale. Ela sabe fazer as contas de cabeça, não é mesmo, sra. Neale? Vinte e cinco selos de meio pêni, dois maços de envelopes selados e um maço de cartões postais – quanto dá isso, sra. Neale?"

A sra. Neale riu; a sra. Manresa riu; Giles também sorriu e dirigiu o olhar para os sapatos.

Ela o arrastava pelo Celeiro, aproximando-se e afastando-se, indo de uma pessoa a outra. Ela as conhecia todas. Todo mundo era boa gente. Não, ela não ia permiti-lo, de modo algum – o problema na perna de Pinsent. "Não, não. Isso não serve de desculpa, Pinsent." Se ele não podia chutar, ele podia agarrar. Giles concordou. Um peixe numa linha significava a mesma coisa para ele e para Pinsent; gaios e pegas também. Pinsent continuou na terra; Giles foi para um escritório. Isso era tudo. E ela era, de fato, uma boa pessoa, fazendo-o sentir-se não um mero espectador, e sim um ator, circulando pelo Celeiro no rastro dela.

Então, no fundo, à porta, eles deram com a velha dupla, Lucy e Bartholomew, cada um em sua cadeira Windsor.

Assentos lhes tinham sido reservados. A sra. Sands lhes enviara chá. Teria causado um incômodo desnecessário – fazer valer o princípio democrático; deixá-los em pé na multidão junto à mesa.

"Andorinhas", disse Lucy, segurando a xícara, apreciando os pássaros. Estimuladas pelo grupo, elas voavam de uma viga para a outra. Atravessando a África, atravessando a França, elas vinham se aninhar aqui. Elas vinham ano após ano. Antes que houvesse um canal, quando a terra, sobre a qual a cadeira Windsor estava plantada, era uma profusão de rododendros, e beija-flores adejavam junto à boca de trombetas escarlates, tal como lera esta manhã em seu Esboço da História, eles vinham... Neste ponto Bart levantou-se da cadeira.

Mas a sra. Manresa se recusou terminantemente a tomar-lhe o assento. "Sente-se, sente-se", ela o pressionava a sentar-se novamente. "Vou me agachar no assoalho." Ela se agachou. O soturno cavaleiro permanecia de prontidão.

"E o que acharam da peça?", perguntou ela.

Bartholomew olhou para o filho. O filho permanecia em silêncio.

"E a senhora, sra. Swithin?", a sra. Manresa pressionava a velha senhora. Lucy resmungou, contemplando as andorinhas.

"Esperava que vocês me dissessem", disse a sra. Manresa. "Era uma peça antiga? Era uma peça nova?"

Ninguém respondeu.

"Vejam!", exclamou Lucy.

"Os pássaros?", disse a sra. Manresa, olhando para o alto. Havia um pássaro com uma palha no bico; e a palha caiu.

Lucy bateu palmas. Giles virou-se. Ela estava zombando dele, como de costume, dando risadas.

"Saindo?", disse Bartholomew. "Hora do próximo ato?"

E ele se levantou da cadeira sozinho. A despeito da sra. Manresa e de Lucy, ele também foi dar uma volta.

"Andorinha, minha irmã, Oh, irmã andorinha", murmurou ele, apalpando-se em busca da caixa de charutos, seguindo o filho.

A sra. Manresa estava irritada. Para que, então, se agachara no assoalho? Estavam seus encantos murchando? Os dois foram embora. Mas, mulher de ação como era, não iria, ao ser abandonada pelo sexo oposto, sofrer a torturante chatice da velha e reefinada senhora. Ela se levantou, pondo as mãos no cabelo como se estivesse mais que na hora de ela também sair, embora não fosse o caso e o cabelo estivesse perfeitamente arrumado. Cobbet, em seu canto, percebia seu joguinho. Ele conhecera a natureza humana do Oriente. Era a mesma coisa no Ocidente. As plantas permaneciam – o cravo, a zínia e o gerânio. Automaticamente consultou seu relógio; notou o tempo que faltava até a hora da rega às sete; e observou o joguinho da mulher que seguia o homem em direção à mesa tanto no Ocidente quanto no Oriente.

William, à mesa, agora vinculado à sra. Parker e Isa, viu-o aproximando-se. Armado e valente, audaz e insolente, firme, envolvente – a popular canção de marcha soava em sua cabeça. E os dedos da mão esquerda de William fechavam-se firmes, furtivas, à medida que o herói se aproximava.

A sra. Parker queixava-se a Isa do idiota da aldeia.

"Oh, aquele idiota!", dizia ela. Mas Isa estava parada, observando o marido. Ela podia perceber a Manresa indo em seu rastro. Ela podia ouvir, na penumbra do quarto deles, a explicação corriqueira. Não fazia nenhuma diferença; a infidelidade dele – mas a dela, sim.

"O idiota?", William respondeu à sra. Parker por ela. "Faz parte da tradição."

"Mas seguramente", disse a sra. Parker, e falou a Giles de quanto o idiota – "Temos um em nossa aldeia" – lhe deixava arrepiada. "Seguramente, sr. Oliver, somos nós mais civilizados?"

"*Nós*?", disse Giles. "*Nós*?" Ele olhou, uma única vez, para William. Ele sabia não o seu nome; mas sim o que fazia a sua mão esquerda. Era uma sorte – que pudesse desprezar a ele e não a si mesmo. À sra. Parker também. Mas não à Isa – não à sua esposa. Ela não falara com ele, nem sequer uma palavra. Tampouco olhara para ele.

"Seguramente", disse a sra. Parker, olhando de um para o outro. "Seguramente somos, não?"

Giles fez então o que, para Isa, era seu pequeno truque; cerrou os lábios; fechou a cara; e assumiu a pose de quem carrega a carga da desgraça do mundo, ganhando dinheiro para ela gastar.

"Não", disse Isa, tão claramente quanto as palavras são capazes de dizê-lo. "Não o admiro", e olhou, não para o rosto, mas para os pés dele. "Garotinho estúpido, com sangue nos sapatos."

Giles remexia os pés. Quem ela admirava? Não Dodge. Disso podia ter certeza. Quem mais? Algum homem que ele conhecia. Algum homem, ele tinha certeza, que estava no Celeiro. Qual deles? Ele olhou à sua volta.

Então o sr. Streatfield, o clérigo, interrompeu. Ele carregava xícaras.

"Nesse caso em vez das mãos saúdo com o coração!", exclamou ele, balançando a bela e grisalha cabeça e depositando sua carga em segurança.

A sra. Parker tomou o tributo como sendo para si.

"Sr. Streatfield!", exclamou ela. "Fazendo todo o trabalho! Enquanto nós ficamos aqui bisbilhotando!".

"Gostaria de ver a estufa?", disse Isa subitamente, voltando-se para William Dodge.

Oh, não agora, poderia ele ter gritado. Mas tinha que segui-la, deixando para Giles a tarefa de cumprimentar aquela que se aproximava, a Manresa, que o tinha sob controle.

A trilha era estreita. Isa ia na frente. E ela era larga; ocupava quase toda a trilha, levemente oscilando ao caminhar, e arrancando aqui e ali uma folha da sebe.

"Fujam então, juntem-se", murmurava ela, "às hordas malhadas do bosque de cedros que, vadiando, brincam, o forte com o frágil, o lento com o ágil. Fujam para longe. Eu, sofrendo, fico. Só, me demoro, arranco a erva amarga junto ao muro arruinado, o muro do cemitério, e esmago sua ácida, sua doce, sua ácida, longa e cinzenta folha, assim, entre o polegar e o dedo...."

Ela jogou fora a tira de barba-de-velho que pegara no caminho e com um pontapé abriu a porta da estufa. Dodge ficara para trás. Ela esperava. Ela pegou uma faca de cima do banco. Ele a viu em pé contra o vidro verde, a figueira e a hortênsia azul, a faca na mão.

"Ela falou", murmurou Isa. "E do nevado antro de seu peito puxou a reluzente lâmina. 'Mergulhe, lâmina!', disse ela. E golpeou. 'Infiel!', gritou. A faca também! Partiu-se. Assim também meu coração", disse ela.

Ela sorria ironicamente quando ele chegou.

"Quem me dera que a peça não ficasse se revolvendo em minha cabeça", disse ela. Depois sentou-se num banco embaixo da videira. E ele se sentou ao lado. As pequenas uvas acima deles eram botões verdes; as folhas, finas e amarelas, como a teia entre os dedos dos pássaros.

"Ainda a peça?", perguntou ele. Ela fez que sim. "Aquele era o seu filho", disse ele, "lá no Celeiro?"

Tinha uma filha também, disse-lhe ela, de berço.

"E você – casado?", perguntou ela. Pelo tom, ele percebeu que ela adivinhava, como sempre adivinham as mulheres, tudo. Elas logo sabiam que não tinham nada a temer, nada a esperar. No começo elas se ressentiam – de servirem de estátuas numa estufa. Depois acabavam gostando. Pois assim podiam dizer – como fazia ela – qualquer coisa que lhes viesse à cabeça. E entregar-lhe, como ela lhe entregou, uma flor.

"Eis aqui algo para sua botoeira, sr...., disse ela, entregando-lhe um raminho de perfumado gerânio.

"Meu nome é William", disse ele, pegando a felpuda folha e apertando-a entre o polegar e o indicador.

"Meu nome é Isa", respondeu ela. Então eles se puseram a conversar como se tivessem se conhecido a vida toda; o que era estranho, disse ela, como elas sempre faziam, considerando que ela o conhecera por não mais que uma hora, talvez. Não eram eles, entretanto, conspiradores, exploradores, em busca de rostos escondidos? Tendo confessado isso, ela fez uma pausa e se perguntou, como elas sempre faziam, por que eles conseguiam falar tão francamente entre si. E acrescentou: "Talvez porque nunca nos encontramos antes, e nunca mais nos encontraremos."

"Com a fatalidade da morte súbita pairando sobre nós," disse ele. "Não há como recuar nem avançar" – ele pensava na velha senhora mostrando-lhe a casa – "tanto para nós quanto para eles."

O futuro, feito o sol atravessando a folha transparente e nervurada da videira, sombreava-lhes o presente; uma trama de linhas sem nenhum padrão.

Eles tinham deixado a porta da estufa aberta; e agora a música chegava por ela. A.B.C., A.B.C, A.B.C. – alguém praticava escalas. C.A.T. C.A.T. C.A.T.... Depois as letras separadas formavam uma palavra, "Cat". Outras palavras se seguiam. Era uma canção simples, como um versinho infantil –

O Rei no tesouro
Conta seu ouro,
A Rainha no salão
Passa mel no pão.

Eles ficaram à escuta. Outra voz, uma terceira voz, estava dizendo algo simples. E eles continuavam sentados no banco, dentro da estufa, sob a videira, ouvindo a srta. La Trobe ou seja lá quem fosse, praticando suas escalas.

Ele não conseguia encontrar o filho. Perdera-o em meio à multidão. Assim, o velho Bartholomew deixou o Celeiro e foi para o seu quarto, segurando o charuto e murmurando:

Oh, irmã andorinha, Oh, irmã andorinha,

Como pode teu coração estar pleno de primavera?

"Como pode meu coração estar pleno de primavera?", disse ele em voz alta, postado à frente da estante de livros. Livros: a preciosa força vital dos espíritos imortais. Poetas; os legisladores da humanidade. Sem dúvida, assim era. Mas Giles era infeliz. "Como pode meu coração, como pode meu coração," repetia ele, pitando o cachimbo. "Condenado à mina infernal da vida, condenado em solidão a vê-la esvaída ...." Ele se postava, as mãos na cintura, à frente de sua biblioteca de fidalgo rural. Garibaldi; Wellington; relatórios dos administradores da irrigação; e Hibbert, sobre as doenças dos cavalos. Uma grande colheita a que a mente fizera; mas a tudo isso, em comparação com seu filho, ele não dava a mínima importância.

"De que serve, de que serve", ele afundou no sofá, sussurrando, "Oh, irmã andorinha, entoar tua canção?" O cão, que o seguira, deixara-se cair no assoalho aos seus pés. Os flancos se retraindo e se expandindo, o longo focinho repousando nas patas, um floco de espuma nas narinas, ali estava ele, seu espectro familiar, seu galgo afegão.

A porta balançou, ficando entreaberta. Era o jeito de entrar de Lucy – como se ela não soubesse o que iria encontrar. De verdade! Era o irmão! Era o cão! Ela parecia vê-los pela primeira vez. Era pelo fato de ela não ter nenhum corpo? Lá em cima nas nuvens, como um balão, sua mente, vez ou outra, tocava o solo com um choque de surpresa. Não havia nada nela que fixasse um homem como Giles à terra.

Ela se empoleirou na beirada de uma cadeira feito um pássaro num fio de telégrafo antes de levantar voo em direção à África.

"Andorinha, minha irmã, Oh, irmã andorinha...", murmurou ele.

Do jardim – a janela estava aberta – chegava o som de alguém praticando escalas. A.B.C. A.B.C. A.B.C. Depois as letras separadas formavam uma palavra, "Dog". Depois uma frase. Era uma canção simples, uma outra voz que falava.

Psiu, psiu, os cães ladram
Os mendigos à vila chegam...

Então ela enlanguesceu e se alongou e virou uma valsa. Enquanto eles ouviam e olhavam – o jardim lá fora – as árvores balançando e os pássaros girando pareciam ter sido desafiados a sair de suas vidas privadas, de suas ocupações particulares, e entrar na dança.

A lâmpada do amor arde forte, nos sombrios bosques de cedro,
A lâmpada do amor brilha claro, claro como uma estrela no céu....

Tamborilava o velho Bartholomew com os dedos no joelho, em compasso com a canção.

Deixe sua janela e venha, dama que amo até morrer,

Ele olhou sarcasticamente para Lucy, empoleirada em sua cadeira. Como, perguntou-se, pôde ela, alguma vez, trazer uma criança ao mundo?

Pois estão todas dançando, recuando e avançando,
A mariposa e a libélula....

Ela estava pensando, supunha ele, que Deus é paz. Que Deus é amor. Pois ela pertencia aos unificadores; ele, aos separatistas.

Então a canção, com seus pés sempre no mesmo lugar, tornou-se açucarada, insípida; ela cavava um buraco com sua perpétua invocação à adoração perpétua. Enveredara ela – ele era um ignorante em matéria de termos musicais – para um tom menor?

Pois este dia e esta dança e este alegre, alegre maio
Terá um fim (ele tamborilou no joelho com o indicador)
Com o corte do trevo-vermelho este recuo e avanço
– os andorinhões pareciam ter se lançado para além de suas órbitas –

Terá um fim, um fim, um fim,
E o gelo disparará seu estilhaço, e o inverno,
Oh, o inverno, encherá a grade de cinzas,
E não haverá nenhum brilho, nenhum brilho na lenha.
Ele derrubou a cinza do charuto e se levantou.
"É o que devemos fazer," disse Lucy; como se ele tivesse
dito em voz alta: "Está na hora de ir."

A plateia se reunia. A música chamava. Pelas trilhas, ao longo
dos gramados, eles afluíam novamente. Ali estava a sra. Manresa,
com Giles ao lado, encabeçando a procissão. Em firmes e plenas
curvas, seu cachecol inflava à volta dos ombros. A brisa se tornava
mais forte. Ela olhava, enquanto cruzava o gramado, na direção
dos acordes do gramofone, feito uma deusa, lépida, abundante, a
cornucópia transbordando. Bartholomew, logo atrás, glorificava o
poder que tinha o corpo humano de tornar a terra fecunda. Giles
manteria sua órbita pelo tempo que ela o fixasse à terra. Ela agitava
até mesmo o poço estagnado de seu próprio e velho coração – no
qual jaziam ossos enterrados, mas as libélulas disparavam e a grama
tremulava à medida que a sra. Manresa avançava pelo gramado na
direção dos acordes do gramofone.

Pés esmagavam o cascalho. Vozes tagarelavam. A voz interior, a outra voz, dizia: Como podemos negar que esta brava
música, emanada dos arbustos, é a expressão de alguma harmonia
interior? Assim que acordamos (pensavam alguns) o dia nos arrebenta com seus duros golpes de malho. O escritório (pensavam
alguns) impõe a disparidade. Espalhados, estilhaçados, para cá e
para lá convocados pela sineta. Trim-trim-trim, é o telefone.
"Apressem-se!" "Atendam!" – é a loja. Assim respondemos à
infernal, secular e eterna ordem vinda de cima. E obedecemos.
Trabalhando, atendendo, empurrando, esforçando-nos, ganhando
um salário – para ser gasto – aqui? Oh, meu Deus, não. Agora? Não,
mais tarde. Quando os ouvidos estiverem surdos e o coração duro.

Aqui, Cobbet de Cobbs Corner, que se abaixara – havia
uma flor – foi forçado a prosseguir pelas pessoas que, atrás dele,
o empurravam.

· 84 ·

Pois ouço a música, diziam eles. A música nos desperta. A música nos faz ver o oculto, a consertar o rompido. Vejam e escutem. Vejam as flores, como elas irradiam seu rubor, sua alvura, seu prateado e seu azul. E as árvores, com suas folhas plurilíngues, multissilábicas, suas folhas verdes e amarelas, nos empurram e nos arrastam, e nos convidam, como aos estorninhos e às gralhas, a nos reunir, a nos agrupar, para tagarelar e foliar enquanto a vaca vermelha vai em frente e a vaca preta fica parada.

A plateia tinha chegado a seus assentos. Alguns se sentaram; outros ficaram de pé por um instante, se viraram e examinaram o panorama. O palco estava vazio; os atores ainda estavam se trajando no meio dos arbustos. A plateia se entreolhou e começou a conversar. Fiapos e fragmentos chegavam até a srta. La Trobe, no lugar em que ela, o script na mão, se encontrava, atrás da árvore.

"Eles não estão prontos... Escuto as suas risadas" (diziam eles.) "... Vestindo-se. Isto é o principal, vestir-se. E agora está agradável, o sol não está tão quente.. Esse é um benefício que a guerra nos trouxe – dias mais longos... Onde paramos? Você lembra? Os elisabetanos... Talvez chegue ao presente, se ela pular.... Você acha que as pessoas mudam? Suas roupas, certamente.... Mas eu queria dizer nós mesmos... Esvaziando um armário, encontrei a cartola velha de meu pai.... Mas nós mesmos – nós mudamos?"

"Não, não me guio por políticos. Tenho um amigo que esteve na Rússia. Ele diz... E minha filha, que voltou há pouco de Roma, ela diz que as pessoas comuns, nos cafés, odeiam os ditadores.... Bem, pessoas diferentes dizem coisas diferentes...."

"Você viu nos jornais – o caso do cão? Você acredita que aos cães não é permitido ter crias?... E a Rainha Mary e o Duque de Windsor na Costa Sul... Você acredita no que aparece nos jornais? Eu me informo com o açougueiro ou o merceeiro... Aquele é o sr. Streatfield, carregando um cavalete.... O bom clérigo, garanto, trabalha mais por menos do que o resto da turma... São as esposas que criam problemas...."

· 85 ·

"E quanto aos judeus? Os refugiados... os judeus... Pessoas como nós, refazendo a vida... Mas é sempre a mesma coisa.... Minha velha mãe, que passa dos oitenta, se lembra... Sim, ainda lê sem os óculos.... Que fantástico! Bem, não dizem que depois dos oitenta... Agora eles estão chegando... Não, não é nada.... Eu tornaria punível quem jogasse lixo na rua. Mas depois, diz o meu marido, quem vai recolher as multas?... Ah, ali está ela, a srta. La Trobe, lá adiante, atrás daquela árvore..."

Lá adiante, atrás da árvore, a srta. La Trobe rangia os dentes. Ela amassava o manuscrito. Os atores estavam atrasados. A cada instante a plateia se libertava mais das amarras; se dividia em fiapos e fragmentos.

"Música!", sinalizou ela. "Música!"

"Qual é a origem", disse uma voz, "da expressão 'com a pulga atrás da orelha'?"

Sua mão desceu peremptoriamente. "Música, música", sinalizava ela.

E o gramofone começou A.B.C., A.B.C.

O Rei no tesouro

Conta seu ouro,

A Rainha no salão

Passa mel no pão.

A srta. La Trobe os viu afundando-se pacificamente na canção infantil. Ela os viu entrelaçando as mãos e compondo o rosto. Então ela deu um sinal. E, por fim, com um toque final no toucado, que estava lhe incomodando, Mabel Hopkins saiu a passos largos dos arbustos e tomou seu lugar na parte elevada do terreno, de frente para a plateia.

Os olhos se fartavam dela feito peixe que vem à tona por uma migalha de pão boiando na água. O que ela era? O que ela representava? Ela era linda – muito. Suas faces tinham sido empoadas; sua cor reluzia lisa e límpida sob o pó. Seu manto de cetim cinza (uma colcha), pregueado de dobras pétreas, conferia-lhe a majestade de uma estátua. Ela carregava um cetro e um pequeno orbe. Seria ela a Inglaterra? Seria ela a Rainha Anne? Quem ela era? Ela falava muito baixo no começo; tudo o que eles escutavam era ... a razão prevalecia.

O velho Bartholomew aplaudia.

"Ouçam! Ouçam", gritava ele. "Bravo! Bravo!"

Assim encorajada a Razão se pronunciou.

"O Tempo, apoiado em sua foice, mostra-se estupefato. Entrementes o comércio faz jorrar de sua Cornucópia o variado tributo de seus diferentes minérios. Em minas distantes o selvagem derrama seu suor; e da resistente terra o pote colorido é moldado. Por ordem minha, o guerreiro armado depõe seu escudo; o bárbaro abandona o Altar que fumega com o ímpio sacrifício. A violeta e a rosa-mosqueta sobre a terra fendida suas flores entrelaçam. Não mais teme o viandante imprevidente a cobra venenosa. E dentro do elmo abelhas amarelas o mel fabricam."

Ela fez uma pausa. Uma longa fila de moradores em sacos de aniagem entrava e saía do arvoredo atrás dela.

Cavando e socavando, lavrando e semeando

eles cantavam, mas o vento levava embora suas palavras.

Sob o abrigo de meu ondulante manto (recomeçou ela, estendendo os braços), as artes surgem. A música para mim descerra sua celestial harmonia. Por ordem minha o avarento deixa intacto seu tesouro escondido; em paz a mãe vê seus filhos brincando.... seus filhos brincando... repetiu ela, e, a um movimento de seu cetro, as figuras se adiantaram vindo dos arbustos.

Que os namorados e as ninfas conduzam a peça, enquanto Zéfiro dorme, e as rebeldes tribos do Paraíso admitam meu domínio.

Uma antiga e alegre cançãozinha tocava no gramofone. O velho Bartholomew juntou as pontas dos dedos; a sra. Manresa ajeitou a saia em volta dos joelhos.

O jovem Damon a Cynthia disse

Saia já de casa com a aurora

E ponha sua cerúlea estola

E os cuidados abandone agora

Pois a paz chega à Inglaterra,
E a razão agora prevalecia.
Que prazer há em sonhar
Quando azul e verde é o dia?
Agora os cuidados abandone.
A Noite se vai; eis aqui o Dia.

Cavando e revolvendo, os moradores cantavam, entrando e saindo em fila indiana do meio das árvores, pois a terra é sempre a mesma, verão e inverno e primavera; e primavera e inverno de novo; arando e semeando, comendo e crescendo; o tempo passa....

O vento dispersava as palavras.

A dança parou. As ninfas e os galanteadores se retiraram. A Razão ocupava sozinha o centro do palco. Os braços estendidos, as vestes ondulando, segurando orbe e cetro, Mabel Hopkins erguia-se, sublime, olhando por sobre as cabeças da plateia. A plateia olhava-a admirada. Ela ignorava a plateia. Então, enquanto ela olhava, ajudantes vindos dos arbustos montavam à sua volta o que parecia ser os três lados de uma sala. No meio colocaram uma mesa. Na mesa colocaram um serviço de chá em porcelana. De sua imponente eminência a Razão inspecionava inabalável essa cena doméstica. Houve uma pausa.

"Outra cena de outra peça, suponho", disse a sra. Elmhurst, recorrendo ao programa. Ela leu em voz alta por causa do marido que era surdo: "Em havendo Vontade há uma Via." É o nome da peça. E os personagens...." Ela leu em voz alta: "Lady Harpy Harraden, apaixonada por Sir Spaniel Lilyliver. Deb, a criada. Flavinda, a sobrinha, apaixonada por Valentine. Sir Spaniel Lilyliver, apaixonado por Flavinda. Sir Smirking Que-a-Paz-Esteja-Convosco, um clérigo. Lorde e Lady Fribble. Valentine, apaixonado por Flavinda. Que nomes dão para pessoas reais! Mas olhe – ali vêm eles!"

Ali vinham eles saindo dos arbustos – os homens em coletes floridos, coletes brancos e sapatos afivelados; as mulheres vestindo brocados pregueados, abalonados e drapeados; estrelas de vidro, fitas azuis e pérolas falsas faziam com que parecessem a própria imagem de Lordes e Ladies.

"A primeira cena", sussurrou a sra. Elmhurst no ouvido do marido, "se passa na antecâmara de Lady Harraden.... Ali está ela...." Ela mostrou com o dedo. "A sra. Otter, acho, de End House; mas ela está magnificamente caracterizada. E aquela é Deb, a criada. Quem ela é, eu não sei."

"Psiu, psiu, psiu", protestou alguém.

A sra. Elmhurst largou o programa. A peça começara.

Lady Harpy Harraden entrou na antecâmara, seguida por Deb, a criada.

LADY H. H.... Passe-me o areeiro. E o sinal. Alcance-me o espelho, menina. Isso. Agora a peruca.... Que o diabo a carregue – ela está sonhando!

DEB... Estava pensando, minha senhora, no que o cavalheiro disse quando viu a senhora no Parque.

LADY H. H. (olhando-se no espelho) Pois então – o que era mesmo? Alguma bobagem qualquer! A flecha de Cupido – ah, ah! acendendo o pavio dele – ora, ora – nos meus olhos.... ora bolas! Isso foi no tempo de Milorde, faz vinte anos.... Mas agora – o que ele vai dizer de mim agora? (Ela se olha no espelho) Sir Spaniel Lilyliver, é a quem me refiro... (uma batidinha na porta) Escuta! É o cabriolé dele na entrada. Corre, menina. Não fica aí parada de boca aberta.

DEB... (indo até a porta) Dizer? Ele vai chocalhar a língua como um jogador chocalha os dados numa caixinha. Ele não vai achar nenhuma palavra que esteja à altura da senhora. Ele vai ficar como um porco numa cangalha.... Às suas ordens, Sir Spaniel.

Sir Spaniel entra em cena.

SIR S. L.... Salve, minha bela Santa! Mas como, fora da cama tão cedo? Pensava, enquanto vinha pela alameda, como o céu estava um tanto mais claro que o comum. Eis aqui a razão.... Vênus, Afrodite, dou a minha palavra, uma verdadeira galáxia, uma constelação! Como sou um pecador, uma verdadeira Aurora Boreal!

(Num gesto largo, ele tira o chapéu.)

LADY H. H. Oh, adulador, adulador! Conheço suas vias. Mas venha. Sente-se.... Um copo de Aqua Vitae. Sente-se aqui, Sir Spaniel. Tenho algo muito privado e particular para lhe dizer... Recebeu minha carta, Sir?

SIR S. L.... Pregada ao meu coração!

(Ele bate no peito.)

LADY H. H.... Tenho um favor a lhe pedir, Sir.

SIR S. L.... (cantando) Que favor poderia a bela Cloé pedir que Damon não lhe viesse acudir?... Chega de rimas. As rimas ainda estão no leito. Vamos falar em prosa. O que pode Asphodilla pedir de seu simples criado, Lilyliver? Manifeste-se, Madame. Um macaco com uma argola no nariz ou um forte e jovem impostor para contar histórias sobre nós quando não estivermos mais aqui para contar a verdade sobre nós mesmos?

LADY H. H. (abanando o leque) Que vergonha, que vergonha, Sir Spaniel. O senhor me faz corar – realmente faz. Mas fiquemos mais perto. (Ela arrasta a cadeira para mais perto dele) Não queremos que o mundo inteiro nos ouça.

SIR S. L. (à parte) Mais perto? Mas que diabo! A bruxa velha cheira como um arenque defumado que ficou de ponta-cabeça num barril de alcatrão! (Em voz alta) O que queria dizer, Madame? O que estava dizendo?

LADY H. H. Tenho uma sobrinha, Sir Spaniel, Flavinda é o nome dela.

SIR S. L. (à parte) Ora, ora, é a moça pela qual estou apaixonado, sem dúvida! (Em voz alta) Tem uma sobrinha, Madame? Parece que lembro ter ouvido algo sobre isso. Filha única, deixada por seu irmão, conforme fiquei sabendo, à sua guarda – por motivo de ele ter perecido no mar.

LADY H. H. Ela mesma, Sir. Ela é agora de maior idade e apta para o casamento. Eu a mantenho tão encerrada quanto um gorgulho, Sir Spaniel, envolta nas tênues vestes de sua virgindade. Apenas criadas à sua volta, nunca um homem, que eu saiba, excetuando-se Clout, o lacaio, que tem uma verruga no nariz e um rosto como um ralador de nozes. Contudo algum tolo tem atraído seu interesse. Alguma mosca dourada – algum Harry, Dick; chame-o como quiser.

Sir S. L. (à parte) É o jovem Valentine, garanto. Surpreendi-os juntos no teatro. (Em voz alta) É a sua opinião, Madame?

Lady H. H. Ela não é tão desfavorecida, Sir Spaniel – há beleza em nossa linhagem – mas um cavalheiro de bom gosto e alta estirpe como é o seu caso deve se apiedar dela.

Sir S. L. Com a devida escusa à sua presença, Madame. Olhos que contemplaram o sol não são facilmente ofuscados por luzes inferiores – as Cassiopeias, as Aldebarãs, as Ursas Maiores e assim por diante – Figas para elas quando o sol se levanta!

Lady H. H. (lançando-lhe olhares coquetes) Elogia minha costureira, Sir, ou meus brincos (ela balança a cabeça).

Sir S. L. (à parte) Ela chocalha como uma jumenta numa feira! Está enfeitada como um mastro na Festa da Primavera. (Em voz alta) Suas ordens, Madame?

Lady H. H. Bem, Sir, foi assim, Sir. O Irmão Bob, pois meu pai era um simples aristocrata do interior e não iria dar nenhum desses nomes complicados que os estrangeiros trouxeram com eles – eu mesmo me chamo Asphodilla, mas meu nome de batismo é simplesmente Sue – o Irmão Bob, dizia eu, tomou o caminho do mar; e, assim dizem, tornou-se Imperador das Índias; onde simples pedras são esmeraldas e o capim que serve de alimento para as ovelhas é rubi. Preciosidades as quais, pois jamais existiu homem de melhor coração, ele teria trazido com ele, Sir, para aumentar a fortuna da família. Mas o brigue, a fragata ou seja lá como se chame, pois não tenho cabeça para termos do mar e tampouco jamais pulei uma poça sem rezar o Pai-Nosso de trás para diante, bateu num rochedo. A Baleia deu-lhe fim. Mas o berço, por dádiva do Céu, foi dar na praia. Com a menininha dentro dele; a Flavinda aqui. E, o que mais interessa, com o Testamento dentro dele; são e salvo; envolto em pergaminho. O Testamento do irmão Bob com sua última Vontade. Ei, Deb! Deb, venha cá! Deb!

(Ela grita por Deb)

Sir S. L. (à parte) Ah, ah! Isso não está me cheirando bem. Um Testamento, deveras! Em havendo Vontade há uma Via.

Lady H. H. (aos gritos) O Testamento, Deb! Na caixa de ébano à direita da escrivaninha em frente à janela.... Que o diabo a carregue! Está sonhando. São esses romances, Sir Spaniel – esses romances. Não pode ver uma vela tremeluzir sem que seu coração se enterneça, nem cortar um pavio sem recitar todos os nomes do Calendário de Cupido...

(Deb entra em cena com um pergaminho na mão)

Lady H. H. Então... Passe-me aqui. O Testamento. O Testamento do Irmão Bob (resmunga ela por cima do Testamento).

Lady H. H. Para encurtar a história, Sir, pois esses advogados, até mesmo nos Antípodas, são uma raça palavrosa –

Sir L. S. Para emparelhar com as orelhas, Madame –

Lady H. H. A pura verdade, a pura verdade. Para encurtar a história, Sir, meu irmão Bob deixou tudo quanto possuía ao morrer à filha única, Flavinda; sob a seguinte condição, lembre-se. A de que ela se case de acordo com a preferência da tia. De sua tia; ou seja, eu. Do contrário, preste atenção, tudo – a saber, dez alqueires de diamantes; o mesmo volume de rubis; quinhentos quilômetros quadrados de território fértil confinando o Rio Amazonas entre o norte e o nordeste; sua caixa de rapé; seu flajolé – ele sempre foi do tipo que gosta de uma toada, Irmão Bob; seis Araras e o tanto de Concubinas que ele tivesse na hora de seu passamento – tudo isso, juntamente com outras ninharias que é desnecessário especificar, preste atenção, caso ela deixasse de casar de acordo com a preferência da tia – ou seja, eu – para erigir uma Capela, Sir Spaniel, na qual seis pobres Virgens deveriam perpetuamente entoar hinos pelo repouso de sua alma – de que, para falar a verdade, Sir Spaniel, o pobre Irmão Bob tem necessidade, perambulando pela Corrente do Golfo como ele está e se consorciando com as Sereias. Mas tome-o; faça sua própria leitura do Testamento, Sir.

Sir S. L. (lendo) "Deve casar-se de acordo com a preferência da tia." Está bastante claro.

· 92 ·

LADY H. H. Da tia, Sir. Sou eu. Está bastante claro.

SIR S. L. (à parte) Nesse caso ela fala a verdade! (Em voz alta) Quer me dar a entender, Madame....?

LADY H. H. Caluda! Chegue mais perto! Deixe-me sussurrar em seu ouvido... Há muito tempo temos tido uma alta opinião um do outro. Brincamos de bola juntos. Juntos enfeitamos os pulsos com guirlandas de margarida. A crer na minha memória, eu era então sua namoradinha – lá se vão mais de cinquenta anos. Teríamos feito um belo par, Sir Spaniel, tivesse a sorte nos favorecido.... Entende o que estou querendo dizer, Sir?

SIR S. L. Tivesse sido escrito em letras douradas, a quinze metros do solo, visível desde a zona da catedral de St Paul até o pub Goat & Compasses em Peckham, não poderia ter sido mais claro.... Caluda, vou sussurrar o que tenho a dizer. Eu, Sir Spaniel Lilyliver, obrigo-me por este meio a tomá-la – qual é o nome da menininha que foi lançada na praia numa gaiola de pegar lagostas coberta de algas? Flavinda, hem? Flavinda, então – como minha legítima esposa... Ora, que um advogado ponha isso tudo por escrito!

LADY H. H. Sob uma condição, Sir Spaniel.

SIR S. L. Sob uma condição, Asphodilla.

(os dois falam juntos)

De que o dinheiro seja dividido entre nós dois.

LADY H. H. Não precisamos de nenhum advogado para atestá-lo! Sua mão em cima dele, Sir Spaniel!

SIR S. L. Seus lábios, Madame!

(eles se abraçam)

SIR S. L. Bah! Ela fede!

"Ah! Ah! Ah!, gargalhou a velha nativa em sua cadeira de rodas.

"A Razão, por Deus! A Razão!", exclamou o velho Bartholomew, olhando para o filho como que o exortando a deixar de lado aquelas fantasias femininas e ser um homem, Sir.

Giles, os pés encolhidos, sentava-se reto como um dardo.

A sra. Manresa puxara o espelho e o batom e cuidava dos lábios e do nariz.

O gramofone gentilmente expunha, enquanto o cenário era removido, certos fatos que todo mundo sabe serem perfeitamente verdadeiros. A canção contava, mais ou menos, como a Noitinha, amontoando as vestes à sua volta, ainda reluta em deixar cair seu orvalhado manto. As hordas arrebanhadas, continuava a canção, em paz repousam. O pobre à sua choupana retorna e aos ouvidos ávidos da mulher e do filho a história simples de sua labuta ele relata: que colheita o sulco cavado pelo arado irá render; e como a junta de bois tinha evitado passar por cima do ninho da tarambola; e como nesse meio tempo a Lebre escapava de seus perseguidores; e os ovos mosqueados no cálido oco repousam. Enquanto isso sobre a mesa a boa esposa estende sua comida simples; e ao som da flauta do pastor, da labuta libertado, ninfas e galanteadores entrelaçam mãos e pés em cima do relvado. Então a Noitinha deixa cair seus longos e sombrios cabelos e estende seu luzente véu sobre a vila, a torre das igrejas e a campina, etc., etc. E a canção uma vez mais se repetia.

A paisagem duplicava à sua maneira o que a canção dizia. O sol baixava no horizonte; as cores se fundiam; e a paisagem dizia como, após a lida, os homens descansam de seus esforços; como o frescor chega; a razão prevalece; e tendo desatrelado a junta do arado, os vizinhos se dedicam ao jardim de sua cabana ou se debruçam sobre o portão da cerca.

As vacas, dando um passo à frente, e depois se mantendo imóveis, diziam, à perfeição, a mesma coisa.

Envolvida nessa tríplice melodia, a plateia continuava sentada olhando admirada; e via, gentil e aprovativamente, sem questionar, pois parecia inevitável, um buxo num tonel tomar o lugar da antecâmara das damas; enquanto, no que parecia ser uma parede, era pendurado um grande relógio; os ponteiros indicando três minutos para a hora cheia; que era sete.

A sra. Elmhurst despertou de seu devaneio; e conferiu o programa.

"Cena dois. A Alameda", leu ela em voz alta. "Hora; de manhã cedo. Flavinda entra em cena. Aí vem ela!"

Eis que chegava Millie Loder (balconista de Hunt & Dicksons, empório de tecidos), em cetim floreado, representando Flavinda.

FLAV. Sete horas, ele falou, e ali está a palavra do relógio para prová-lo. Mas Valentine – onde está Valentine? Oh! Como bate meu coração! Mas não é pela hora, pois muitas vezes estou me movimentando antes de o sol surgir por sobre os campos... Vejam – a gente refinada passando! Todos andando na ponta dos pés feito pavões com a cauda aberta em leque! E eu em meu saiote que parecia tão elegante ao lado do espelho partido de minha tia. Ora, ora, isto aqui é um pano de lavar louça... E elas amontoam o cabelo feito um bolo de aniversário cravado de velas.... Aquilo é um diamante – aquilo é um rubi... Onde está Valentine? Na laranjeira da alameda, disse ele. A árvore – ali. Valentine – em lugar nenhum. Aquele é um cortesão, garanto, aquela velha raposa com o rabo entre as pernas. Aquela é uma criada que saiu sem o conhecimento do amo. Aquele é um homem com uma vassoura para varrer as trilhas em consideração aos folhos das damas refinadas... Oh! o rubro de suas faces! Elas nunca conseguem *isso* nos campos, garanto! Oh, desleal, cruel, insensível Valentine. Valentine! Valentine!

(ela torce as mãos, virando-se de um lado para o outro.)

Não saí eu da cama na ponta dos pés, esgueirando-me ao longo do lambril com receio de acordar a Tia? E não polvilhei meus cabelos valendo-me de sua pozeira? E não esfreguei as faces para fazê-las brilhar? E não me mantive acordada olhando as estrelas subirem pelos tubos das chaminés? E não dei a Deb o guinéu de ouro que o meu Padrinho escondeu atrás do visco na véspera do Dia dos Reis para que ela não me denunciasse? E não azeitei a chave da fechadura para que a Tia não acordasse gritando Flavi! Flavi! Val, digo Val – É ele que chega.... Não, eu saberia que era ele a um quilômetro de distância pelo jeito com que se equilibra sobre as ondas como aquele, qual é mesmo o nome dele, do livro ilustrado.... Aquele não é o Val.... É um burguês, um dândi; erguendo sua lente, rogo-lhe, para se fartar de mim...

· 95 ·

Vou para casa, então... Não, não vou... Seria fazer de novo o papel de menininha e praticar bordados... Serei de maior idade no próximo Dia de São Miguel, não serei? Apenas três voltas da lua e torno-me herdeira... Não foi o que li no Testamento no dia em que a bola ricocheteou na tampa do baú velho em que a Tia guarda seus babados e a tampa se abriu?... "Tudo o que eu possuir quando morrer, minha Filha..." Era o que eu tinha lido quando a velha dama veio batendo o pé no chão como um cego numa viela.... Não sou nenhuma pária, queria que soubesse, Sir; nenhuma sereia com rabo de peixe envolta num manto de algas, à sua mercê. Sou páreo para qualquer uma delas — as sirigaitas com que se diverte, e me convida a encontrá-lo junto à Laranjeira enquanto está cochilando pela noite passada nos braços delas.... Que feio, Sir, ridicularizando assim uma pobre moça.... Não chorarei, juro que não. Não verterei uma única gota do líquido salgado por um homem que me tratou assim.... Mas quando penso nisso — em como nos escondemos na leiteria na ocasião em que o gato saltou. E lemos romances embaixo do pé de azevinho. Uau! como chorei quando o Duque abandonou a pobre Polly.... E minha Tia me encontrou com os olhos como geleia de fruta vermelha. "O que foi que te picou, sobrinha?", perguntou ela. E gritou "Ligeiro, Deb, a bolsa azul." Eu lhe contei isso... Uau! e pensar que lia tudo isso num livro e chorava por um outro!... Caluda, o que é aquilo por entre as árvores? Ali vem — se foi. A brisa talvez? Ora à sombra — ora ao sol.... Valentine de minha vida! É ele! Rápido, me escondo. Que a árvore me oculte!

(Flavinda esconde-se atrás da árvore.)

Ei-lo aqui... Ele se vira... Ele fareja... Ele perdeu o faro... Ele olha — para aqui, para lá.... Que ele farte os olhos com as refinadas faces — prove-as, desfrute-as, que diga: "Aquela é a refinada dama com quem dancei — com aquela me deitei... aquela eu beijei embaixo do visco..." Ah! como ele as expele! O bravo Valentine! Como ele baixa os olhos! Como seus esgares lhe assentam bem! "Onde está Flavinda?", suspira ele. "Ela a quem amo como ao coração em meu peito." Vejam como ele tira o relógio do bolso!

"Oh, sua miserável infiel!", suspira ele. Vejam como ele bate com os pés no chão! Agora ele se vira nos calcanhares.... Ele me vê – não, o sol bate-lhe nos olhos. Lágrimas tomam conta deles... Meu Deus, como apalpa a espada! Ele vai enfiá-la no peito como o Duque no livro de contos!... Pare, Sir, pare!

    (ela se revela)

    VALENTINE.... Oh, Flavinda, oh!

    FLAVINDA.... Oh, Valentine, oh!

    (Eles se abraçam)

        O relógio bate as nove.

"Todo esse barulho por nada!", exclamou uma voz. As pessoas riram. A voz cessou. Mas a voz vira; a voz ouvira. Por um segundo, a srta. La Trobe, atrás de sua árvore, refulgiu de glória. No seguinte, virando-se para os moradores que entravam e saíam do meio das árvores, ela berrou:

"Mais alto! Mais alto!"

Pois o palco estava vazio; a emoção devia ser prolongada; e a única coisa que podia prolongá-la era a canção; e as palavras eram inaudíveis.

"Mais alto! Mais alto!" Ela os ameaçava com os punhos cerrados.

Cavando e revolvendo (cantavam eles), revirando e cercando, nós passamos.... O verão e o inverno, o outono e a primavera retornam... Tudo passa exceto nós, tudo muda... mas nós continuamos para sempre os mesmos... (a brisa espargia lacunas entre suas palavras.)

"Mais alto, mais alto!", vociferava a srta. La Trobe.

Palácios desmoronaram (recomeçaram eles), Babilônia, Nínive, Troia... E a mansão de César... tudo no chão jaz... Onde a tarambola faz seu ninho ficava o arco.... pelo qual os romanos passavam... Cavando e revolvendo quebramos com a relha do arado o torrão... Onde Clitemnestra esperava por seu Senhor... viu os faróis luzirem nas colinas... nós vemos apenas o torrão... Cavando e revolvendo nós passamos... e a Rainha e a

Torre de vigia caem... pois Agamemnon se fora.... Clitemnestra não é senão....

As palavras se extinguiam. Apenas uns poucos nomes importantes – Babilônia, Nínive, Clitemnestra, Troia – flutuavam ao longo do espaço aberto da plateia. Então o vento aumentou e em meio ao farfalhar das folhas até mesmo as palavras mais longas se tornavam inaudíveis; e a plateia continuava sentada, fitando os moradores, que abriam a boca, mas dela não saía nenhum som.

E o palco estava vazio. A srta. La Trobe se apoiava na árvore, paralisada. Sua força a abandonara. Gotas de suor irrompiam-lhe na testa. A ilusão fracassara. "É a morte", murmurou ela, "a morte."

Então, subitamente, enquanto a ilusão se extinguia, as vacas assumiam o encargo. Uma perdera seu bezerro. No mesmo e exato momento, os olhos esbugalhados, ela ergueu a cabeça enorme e mugiu. Todas as cabeças enormes, os olhos esbugalhados, se jogaram para trás. De uma vaca, depois de outra e mais outras tantas, vinha o mesmo e terno mugido. O mundo inteiro estava pleno de uma ternura muda. Era a voz primitiva ressoando forte no ouvido do momento presente. Então o rebanho inteiro foi contagiado. Agitando a cauda, toda salpicada como atiçador de lareira, elas atiravam a cabeça para o alto, mergulhavam e mugiam, como se Eros tivesse plantado sua flecha no seu flanco, levando-as à fúria. As vacas anulavam a lacuna; atravessavam o fosso; preenchiam o vazio e prolongavam a emoção.

A srta. La Trobe acenava extaticamente para as vacas.

"Os céus sejam louvados!", exclamou ela.

De repente as vacas estancaram; baixaram a cabeça e começaram a pastar. Simultaneamente as pessoas da plateia baixaram a cabeça e se puseram a ler o programa.

"A produtora", leu em voz alta a sra. Elmhurst em benefício do marido, "roga a indulgência da plateia. Dada a falta de tempo uma cena foi omitida; e ela pede à plateia o esforço de imaginar que no intervalo Sir Spaniel Lilyliver contraíra noivado com Flavinda; a qual estava prestes a jurar-lhe fidelidade eterna;

quando Valentine, escondido dentro do relógio de coluna, dá um passo à frente; reivindica Flavinda como sua noiva; revela a trama para roubar-lhe a herança; e, durante a confusão que se segue, os amantes fogem juntos, deixando Lady Harpy e Sir Spaniel sozinhos juntos."

"Somos solicitados a imaginar tudo isso", disse ela, largando os óculos.

"É muito sábio da parte dela", disse a sra. Manresa, dirigindo-se à sra. Swithin. "Se tivesse incluído tudo, iríamos ficar aqui até a meia-noite. Assim temos que imaginar, sra. Swithin." Ela deu uma palmadinha no joelho da velha senhora.

"Imaginar?", disse a sra. Swithin. "Muito certo! Os atores nos revelam muita coisa. Os chineses, sabemos nós, põem uma adaga em cima da mesa e está feita a batalha. E assim Racine..."

"Sim, eles nos matam de tédio", interrompeu a sra. Manresa, pressentindo cultura, ressentindo o desprezo pelo alegre coração humano. Noutro dia levei meu sobrinho – um garoto muito alegre que estuda em Sandhurst – para ver *Pop Goes the Weasel*. Já assistiu? Ela se voltou para Giles.

"Pra cima e pra baixo na City Road", cantarolou ele à guisa de resposta.

"Sua babá cantava isso?", perguntou a sra. Manresa. "A minha cantava. E quando dizia 'Pop', ela fazia um som como o de uma rolha sendo tirada de uma garrafa de gengibirra. Pop!"

Ela imitou o som.

"Psiu, psiu", sussurrou alguém.

"Agora estou sendo malvada e chocando sua tia," disse ela. "Devemos nos comportar e prestar atenção. É a cena três. A antecâmara de Lady Harpy Harraden. Ao longe ouve-se o tropel dos cavalos."

O tropel dos cavalos, energicamente reproduzido por Albert, o idiota, com uma colher de pau numa bandeja, se esvaía.

LADY H. H. Já a meio caminho de Gretna Green! Oh, minha traiçoeira sobrinha! Tu, a quem resgatei da salmoura e acomodei, toda encharcada, no piso da lareira! Oh, melhor seria se a baleia te tivesse engolido inteira! Pérfida toninha, oh!, não te ensinou a cartilha a honrar tua tia-avó? Como o leste mal e mal o interpretaste, como aprendeste a roubar e a burlar e a ler testamentos em velhas caixas e a esconder velhacos em honestos relógios que jamais deixaram de marcar um único segundo desde os tempos do Rei Charles! Oh, Flavinda! Oh, toninha, oh!

SIR S. L. (tentando enfiar suas botas de montaria) Velho – velho – velho. Ele me chamou de "velho" – "Para a cama, seu velho tolo, e beba sua mistura de leite quente com vinho!"

LADY H. H. E ela, parando diante da porta e, fazendo-me figas, disse "mulher," Sir – "velha," Sir – a mim que estou na flor da idade e sou uma dama!

SIR S. L. (calçando as botas) Mas vou ajustar contas com ele. Vou levá-los aos tribunais! Vou persegui-los até o fim...

(ele anda mancando de um lado para o outro, um pé na bota, o outro não)

LADY H. H. (pondo a mão no braço dele) Tenha dó de sua gota, Sir Spaniel. Lembre-se, Sir – não vamos perder a cabeça, nós que estamos no lado ensolarado dos cinquenta. O que é essa juventude de que eles se gabam? Não passa de uma pluma de ganso carregada pelo vento norte. Sente-se, Sir Spaniel. Descanse sua perna – assim

(ela põe uma almofada embaixo da perna dele)

SIR S. L. "Velho" foi como ele se referiu a mim... saltando do relógio como um boneco de uma caixinha de surpresas... E ela, zombando de mim, apontou para a minha perna e gritou "As flechas de Cupido, Sir Spaniel, as flechas de Cupido." Oh, pudesse eu refogá-los num almofariz e servi-los fumegantes no altar de – Oh, a minha gota, oh, a minha gota!

LADY H. H. Esse discurso, Sir, pouco combina com um homem de juízo. Pense bem, Sir, o senhor invocava – hum – as constelações. A Cassiopeia, a Aldebarã; a Aurora Boreal... Não se pode negar que uma delas deixou sua órbita, se foi, fugiu, para dizê-lo sem rodeios, com as entranhas de um aparelho de marcar as horas, o reles pêndulo de um relógio de coluna. Mas, Sir Spaniel, há algumas estrelas que – hum – continuam fixas; que cintilam, para dizê-lo em poucas palavras, mais brilhantes que nunca, como que ao lado de uma fogueira de carvão marinho numa manhã fresca.

SIR S. L. Oh, quem me dera ter vinte e cinco anos com uma espada firme no meu flanco!

LADY H. H. (contendo-se) Entendo o que quer dizer, Sir. Há, há, há – Certamente, lamento-o tanto quanto o senhor. Mas a juventude não é tudo. Para lhe confessar um segredo, eu própria já dobrei o Cabo da Boa Esperança. Eu também já passei para o outro lado. Durmo profundamente à noite sem me revirar. Os dias de ardor ficaram para trás.... Mas lembre-se, Sir. Em havendo vontade há uma via.

SIR S. L. É a pura verdade, Madame... ai, meu pé está como uma ferradura candente na bigorna do diabo, ai! – o que quer dizer?

LADY H. H. O que quero dizer? Devo eu deixar de lado meu recato e expor o que foi cuidadosamente guardado desde que o meu senhor, que seu nome descanse em paz – passaram-se vinte anos desde então – foi envolto em chumbo? Para falar sem rodeios, Sir, Flavinda fugiu. A gaiola está vazia. Mas *nós*, que entrelaçamos nossos pulsos com prímulas, podemos juntá-los com uma corrente mais forte. Mas basta de firulas e floreios. Aqui estou eu, Asphodilla – mas meu nome claro e simples é Sue. Não importa qual nome tenha – Asphodilla ou Sue – aqui estou eu, sã e forte, a seu serviço. Agora que o conluio foi revelado, o legado do Irmão Bob deve ser destinado às virgens. Isso está claro. Eis aqui a afirmação do Advogado Quill quanto a isso. "As virgens... perpetuamente... entoam louvores por sua alma." E, garanto-lhe, ele realmente precisa disso... Mas não importa. Embora tenhamos jogado aos peixes o que poderia ter nos enroupado em lã de ovelha, não sou nenhuma mendiga. Há terras; casas; roupagem de mesa e cama; gado; meu dote; mobília e outros bens. Irei lhe mostrar; tudo em letras grandes sobre pergaminho; o bastante, garanto-lhe, para nos manter confortavelmente, como marido e mulher, pelo tempo que nos resta.

Sɪʀ S. L. Marido e mulher! Então esta é a verdade nua e crua a respeito disso! Ora, Madame, prefiro me jogar contra um barril de alcatrão ou ser amarrado numa árvore espinhenta durante uma tempestade de inverno. Que feio!

Lᴀᴅʏ H. H.... Um barril de alcatrão, deveras! Uma árvore cheia de espinhos – deveras! O senhor que tagarelava sobre galáxias e vias lácteas! O senhor que jurava que eu eclipsava todas elas! Que o diabo o carregue – seu traidor! Seu trapaceiro! Sua serpente em botas de montaria. Então não me aceita? Rejeita a minha mão?

(Ela lhe estende a mão; ele a afasta.)

Sɪʀ S. L.... Esconda seus tocos de giz numa luva de lã! ora! Não quero nenhum deles! Fossem eles de diamante, diamante puro, e metade do globo habitável e todas as suas concubinas se enfileirassem numa corrente ao redor de seu pescoço, eu não ia querer nada disso... absolutamente nada. Largue-me, coruja chirriante, bruxa, vampira! Largue-me!

Lᴀᴅʏ H. H.... Então todas as suas belas palavras não passavam de papel dourado em volta de um presente de Natal!

Sɪʀ S. L.... Sinetas penduradas no pescoço de um jumento! Rosas de papel num mastro da Festa da Primavera... Ai, meu pé, meu pé... Flechas de Cupido, foi como ela zombou de mim... Velho, velho, ele me chamou de velho...

(Ele sai, mancando)

Lᴀᴅʏ H. H. (deixada a sós) Tudo se foi. Seguindo o vento. Ele se foi; ela se foi; e o velho relógio, do qual o velhaco se fez pêndulo, foi o único, dentre todos, que ficou. Que o diabo os carregue – por tentarem fazer da casa de uma mulher honesta um bordel. Eu, que era a Aurora Boreal, vejo-me reduzida a um barril de alcatrão. Eu, que era Cassiopeia, vejo-me transformada numa jumenta. Minha cabeça gira. Não há homem ou mulher confiável; nem falas delicadas; nem delicados ares. Ali cai a pele de cordeiro; ali rasteja a serpente. Vá para Gretna

Green; deite-se na grama úmida e gere víboras. Minha cabeça gira... Barris de alcatrão, deveras. Cassiopeia... Tocos de giz... Andrômeda... Árvores espinhentas.... Deb, eu chamo, Deb (Ela urra). Afrouxe-me. Estou prestes a estourar... Traga-me a mesa de baeta verde e arranje as cartas.... E os chinelos forrados de pele, Deb. E uma taça de chocolate.... Vou me desforrar deles... Vou sobreviver a todos eles... Deb, estou falando! Deb! Que o diabo a carregue! Ela não me ouve? Estou falando, Deb, sua cria de cigano, que resgatei da sebe e a quem ensinei a fazer modelos de bordado. Deb! Deb!

(ela escancara a porta que dá para o quartinho da criada)

Vazio! Ela também se foi!... Caluda, o que é isso em cima da cômoda?

(ela pega um pedaço de papel e lê)

"Que me importa sua cama de pena de ganso? Vou me juntar à arraia-miúda dos ciganos, Ó! Assinado: Deborah, outrora sua criada." Então! Ela, que alimentei com aparas de maçã e crostas de pão de minha própria mesa, ela, que ensinei a jogar cartas e a cerzir camisolas... ela também foi embora. Oh, ingratidão, teu nome é Deborah! Quem vai lavar os pratos agora; quem vai me trazer o meu leite quente com vinho agora, suportar meu humor e desamarrar meus espartilhos?... Todos se foram. Estou, pois, sozinha. Sem sobrinha, sem amante; e sem criada.

Para dar um fim à peça, a moral é:
O Deus do amor é cheio de ardis;
Na ponta do pé sua flecha ele crava,
Mas a via da vontade está à vista;
Das santas virgens é a revelação:
"Em havendo vontade há uma via."
À boa gente toda: até mais ver.
(fazendo uma vênia, Lady H. H. retirou-se)

A cena chegou ao fim. A Razão desceu de seu pedestal. Arrepanhando as vestimentas à sua volta, serenamente recebendo o aplauso da plateia, ela atravessou o palco; Lordes e Ladies, exibindo estrelas e jarreteiras, seguiram-na; Sir Spaniel, mancando, escoltava Lady Harraden, que se desdobrava em reverências.

"A verdade divina!", gritava Bartholomew, afetado pela infecção do palavreado. "Que lhes sirva de moral!"

Ele se jogou para trás na cadeira e deu uma risada feito um cavalo relinchando.

Uma moral. Qual? Giles achava que era: Em havendo uma Vontade há uma Via. As palavras se erguiam e faziam-lhe figas. Embora para Gretna Green com sua garota; o que está feito está feito. Para o diabo as consequências.

"Quer ver a estufa?", disse ele abruptamente, voltando-se para a sra. Manresa.

"Adoraria!", exclamou ela, levantando-se.

Havia um intervalo? Sim, era o que o programa dizia. O aparelho do meio dos arbustos fazia treque, treque, treque. E a próxima cena?

"A era vitoriana", leu alto a sra. Elmhurst. Presumivelmente havia então tempo para uma caminhada ao redor dos jardins e até mesmo para se ter uma vista da casa. Contudo, de alguma forma eles se sentiam – como dizê-lo – um tanto nem aqui nem lá. Como se a peça tivesse dado um puxão na bola do bilboquê desviando-a do alvo; como se aquilo que chamo de eu ainda estivesse flutuando livre, sem ter se firmado. Não exatamente eles mesmos: era como se sentiam. Ou seria simplesmente que eles se sentiam cônscios de suas roupas? Vestidos de voal exíguos e fora de moda; calças de flanela; chapéus-panamá; chapéus cingidos com uma rede cor de framboesa ao estilo do chapéu da Duquesa Real em Ascot e que, de alguma forma, pareciam frágeis.

"Como eram lindas as roupas", disse alguém, lançando um último olhar a Flavinda, que saía de cena. "Muito apropriadas. Eu queria..."

Treque, treque, treque, continuava o aparelho no meio dos arbustos, acuradamente, insistentemente.

Nuvens passavam pelo céu. O tempo parecia um tanto instável. Por um instante Hogben's Folly adquiriu um branco cinzento. Então o sol bateu no cata-vento dourado da Igreja de Bolney.

"Parece um tanto instável", disse alguém.

"De pé... Vamos esticar as pernas", disse outra voz. Em seguida os gramados começaram a flutuar com pequenas e móveis ilhas de vestidos coloridos. Mas uma parte da plateia continuou sentada.

"O Major e a sra. Mayhew", anotou Page, o repórter, molhando o lápis. Quanto à peça, ele iria abordar a srta. Fulana de Tal e iria pedir-lhe uma sinopse. Mas a srta. La Trobe tinha sumido.

Lá adiante, no meio dos arbustos, ela trabalhava como uma escrava. Flavinda estava em seus saiotes. A Razão tinha jogado seu manto numa sebe de azevinho. Sir Spaniel calçava as botas. A srta. La Trobe esparramava e vasculhava.

"O manto vitoriano com a franja de contas... Onde está esta maldita coisa? Atira aqui... Agora as suíças..."

Abaixando-se e erguendo-se, ela lançava seus ágeis olhos de pássaro, por sobre os arbustos, em direção à plateia. A plateia se movimentava. A plateia passeava de um lado para o outro. Eles se mantinham distantes do camarim; eles respeitavam as convenções. Mas se eles fossem longe demais, se começassem a explorar o terreno, indo além da casa, então.... Treque, treque, treque, soava o aparelho. O tempo passava. Por quanto mais o tempo os manteria juntos? Era um jogo; um risco.... E ela se movimentava energicamente, jogando roupas em cima da grama.

Por cima das copas dos arbustos vinham vozes extraviadas, vozes sem corpos, vozes simbólicas é o que lhe pareciam, meio ouvindo, nada vendo, mas ainda assim, por cima dos arbustos, sentindo linhas invisíveis conectando as vozes sem corpo.

"Tudo parece muito negro."

"Ninguém quer isso — a não ser esses malditos alemães."

Houve uma pausa.

"Eu cortaria aquelas árvores..."

"Incrível como conseguem fazer as rosas vingar!"

"Dizem que o jardim está aqui há mais de quinhentos anos..."

"Ora, até o velho Gladstone, para fazer-lhe justiça..."

Então fez-se silêncio. As vozes desapareceram nos arbustos. As árvores farfalhavam. Muitos olhos, a srta. La Trobe sabia, pois cada célula de seu corpo era absorvente, esquadrinhavam o cenário. Pelo canto do olho ela conseguia ver Hogben's Folly; então o cata-vento reluziu.

"O vidro está caindo", disse uma voz.

Ela podia senti-los escapando-lhe pelos dedos enquanto esquadrinhavam o cenário.

"Onde está aquela maldita mulher, a sra. Rogers? Quem viu a sra. Rogers?", gritou, fisgando um manto vitoriano.

Então, ignorando as convenções, uma cabeça emergiu do meio das folhinhas tremulantes: a sra. Swithin.

"Oh, srta. La Trobe!", exclamou ela; e se deteve. Então recomeçou; "Oh, srta. La Trobe, os meus parabéns!"

Ela hesitava. "A sra. me deu..." Ela saltitou, depois posou – "Desde criança eu sentia..." Uma névoa cobria-lhe os olhos, bloqueando o presente. Ela tentou relembrar sua infância; logo desistiu; e, com um leve aceno da mão, como que pedindo à srta. La Trobe que lhe ajudasse, continuou: "Essa rotina diária; esse subir e descer as escadas; essa pergunta 'O que estou buscando? Meus óculos? Estou com eles em cima do nariz.'..."

Ela fitou a srta. La Trobe com um olhar desanuviado, de pessoa idosa. Os olhos delas se encontraram num esforço comum para trazer à luz um significado comum. Elas fracassaram; e a sra. Swithin, agarrando-se desesperadamente a uma fração de seu próprio significado, disse: "Que papel pequeno eu tive que representar! Mas a senhora me fez sentir que eu podia representar... Cleópatra!"

Ela fez um aceno com a cabeça pelo meio dos arbustos tremulantes e se foi a passinhos curtos.

Os moradores aguçavam a vista. "Doida" era a palavra apropriada para a velha Avoada, que abria caminho por entre os arbustos.

"Eu poderia ter sido – Cleópatra", repetiu a srta. La Trobe. "A senhora instigou em mim o papel que eu não representei", é o que ela queria dizer.

"Agora, quanto à saia, sra. Rogers", disse ela.

A sra. Rogers mostrava-se grotesca em suas meias pretas. A srta. La Trobe enfiou-lhe os volumosos folhos da era vitoriana pela cabeça. Amarrou as fitas. "A senhora puxou os fios invisíveis", era o que a velha senhora queria dizer; e revelou – mais do que qualquer outra pessoa – Cleópatra! A glória apoderou-se dela. Ah, mas ela não era uma simples manipuladora de fios invisíveis; ela era aquela que ferve corpos erradios e vozes flutuantes num caldeirão e faz subir dessa massa amorfa um mundo recriado. Seu momento pairava sobre ela – a sua glória.

"Aí está!", disse ela, amarrando as fitas pretas embaixo do queixo da sra. Rogers. "Está feito! Agora vamos ao cavalheiro. Hammond!"

Ela fez um sinal para Hammond. Timidamente ele se adiantou, submetendo-se à aplicação de suíças pretas. Com os olhos semicerrados, a cabeça inclinada para trás, parecia, pensou a srta. La Trobe, o Rei Arthur – nobre, cavalheiresco, esbelto.

"Onde está a sobrecasaca velha do Major?", perguntou ela, apostando no seu poder de transformá-lo.

Taque, taque, taque, continuava o aparelho. O tempo passava. A plateia passeava, dispersava-se. Apenas o tique-taque do gramofone mantinha-os juntos. Lá, bem longe, perambulando solitária perto dos canteiros de flores, estava a sra. Giles, evadindo-se.

"A canção!", ordenou a srta. La Trobe. "Apressem-se! A canção! A próxima canção! Número Dez!"

"Agora posso colher", murmurou Isa, apanhando uma rosa, "minha flor singular. A branca ou a vermelha? E apertá-la assim, entre o polegar e o dedo...."

Ela procurou, por entre os rostos que passavam, pelo rosto do homem de cinza. Ei-lo ali por um segundo; mas rodeado, inacessível. E agora sumiu.

Ela deixou cair sua flor. Que pétala isolada, separada, podia ela agora apertar? Nenhuma. Tampouco vagar a sós pelos canteiros. Ela devia ir adiante; e deu meia-volta, pondo-se a caminho do estábulo.

"Por onde vagueio?", devaneava ela. "Por quais túneis atravessados por correntes de ar? Lá onde sopra o vento sem olhos? E onde nada cresce em proveito do olho. Nenhuma rosa. Para brotar onde? Em algum campo escuro e improdutivo onde nenhuma tarde deixa cair seu manto; e tampouco nenhum sol se levanta. Tudo é igual ali. Incapazes de brotar, incapazes de florescer são as rosas ali. A mudança não existe; nem o mutável e o louvável; nem boas-vindas ou despedidas; nem furtivas fantasias e afeições, onde a mão busca a mão e o olho busca o abrigo do olho."

Ela chegara ao pátio do estábulo onde os cães estavam acorrentados; onde ficavam os baldes; onde a grande pereira espargia sua escada de ramos contra a parede. A árvore cujas raízes se enfiavam por baixo das lajes estava carregada de peras verdes e duras. Apalpando uma delas, ela murmurou: "Como estou sobrecarregada com aquilo que elas extraíram da terra; memórias; posses. Esta é a carga que o passado assentou em mim, o último burro de carga da longa caravançará que atravessou o deserto. 'Ajoelhe-se', disse o passado. 'Encha seu cesto com o que extrai de nossa árvore. Erga-se, burro. Siga seu caminho até que suas patas empolem e seus cascos rachem.'"

A pera era dura como pedra. Ela olhou para as lajes quebradas debaixo das quais as raízes se espraiavam. "Aquela foi a carga", refletiu ela, "que foi assentada em mim no berço; murmurada pelas ondas; exalada por incansáveis olmos; entoada por mulheres melodiosas; aquilo que devemos recordar; aquilo que esqueceríamos."

Ela ergueu os olhos. Os ponteiros dourados do relógio do estábulo inflexivelmente assinalavam dois minutos antes da hora cheia. O relógio estava prestes a soar.

"Agora vem o relâmpago", sussurrou ela, "do céu azul pétreo. Arrebentadas estão as correias que os mortos ataram. Soltas estão nossas posses."

Vozes interrompiam. Pessoas passavam pelo pátio do estábulo, conversando.

"É um belo dia, dizem alguns, o dia em que somos deixados nus. Outros, que é o fim do dia. Eles veem a Taberna e o dono da Taberna. Mas ninguém fala com uma voz singular. Ninguém com uma voz livre das velhas vibrações. Ouço sempre murmúrios corruptos; o tinido do ouro e do metal. Música maluca...."

Mais vozes soavam. A plateia refluía ao terraço. Ela se instigava. Ela se encorajava. "Avante, burrinho, siga aos tropeções e pacientemente. Não escute os gritos frenéticos dos líderes que em busca de liderança nos abandonam. Nem a tagarelice de rostos de porcelana vidrada e dura. Escute, antes, o pastor que tosse junto ao muro do estábulo; a árvore seca que suspira quando o Cavaleiro galopa; o caso do alojamento da caserna quando a deixaram nua; ou o pregão que, em Londres, quando abro a janela, alguém apregoa..." Ela saíra na trilha que passava pela estufa. A porta tinha sido aberta com um pontapé. Dela saíram a sra. Manresa e Giles. Sem que a vissem, Isa seguiu-os enquanto atravessavam os gramados e iam em direção à primeira fila de assentos.

O treque treque treque do aparelho nos arbustos cessara. Em obediência às ordens da srta. La Trobe, outra canção fora posta no gramofone. Número Dez. Os gritos de rua de Londres, chamava-se. "Um Pot-Pourri."

"Alfazema, doce alfazema, quem vai comprar minha perfumada Alfazema", trilava e tilintava a canção, tentando, sem muita eficácia, arrebanhar a plateia. Alguns a ignoravam. Alguns ainda perambulavam. Outros paravam, mas se mantinham de pé. Alguns, como o Coronel e a sra. Mayhew, que nunca tinham se levantado, estavam envolvidos com a cópia em carbono borrada que tinha sido providenciada para sua informação.

"O século dezenove." O Coronel Mayhew não contestava o direito da produtora a resumir duzentos anos em menos de quinze minutos. Mas a seleção das cenas deixava-o perplexo.

"Por que deixar de fora o Exército Britânico? O que é a história sem o Exército, hein?", ponderou ele. Com uma inclinação da cabeça, a sra. Mayhew concordou, mas, no final das contas, não se pode exigir muito. Além disso, muito provavelmente haveria um Gran Ensamble, em volta da Union Jack, para fechar. Entrementes, havia a paisagem. Eles voltaram os olhos para a paisagem.

"Doce alfazema... doce alfazema...." Cantarolando a canção a velha sra. Lynn Jones (de Mount) empurrou uma cadeira para a frente. "Aqui, Etty", disse ela, e se deixou cair, junto com Etty Springett, com quem, uma vez que ambas eram agora viúvas, ela partilhava uma casa.

"Lembro-me...", ela balançava a cabeça em compasso com a canção. "Você também se lembra – de como eles costumavam apregoar pelas ruas." Elas se lembravam – das cortinas enfunando e dos homens apregoando: "Todas florescendo, todas crescendo," enquanto desciam a rua com seus vasos de gerânios e de cravos-dos-poetas.

"Uma harpa, lembro-me, e um cabriolé e um fiacre. Como era calma a rua naquele tempo. Duas moedinhas por um cabriolé, era isso? Uma por um fiacre? E Ellen, de touca e avental, assobiando na rua? Você lembra? E os mensageiros, minha querida, que corriam atrás da gente, desde a estação, se tivéssemos um baú."

A canção mudou. "Algum ferro velho, algum ferro velho para vender?" Era o que os homens gritavam no meio do nevoeiro. De Seven Dials vinham eles. Homens de lenços vermelhos. Os estranguladores, não eram assim chamados? A gente não conseguia caminhar na volta para casa – Oh, Deus meu, de jeito nenhum – na saída do teatro. Regent Street. Piccadilly. Hyde Park Corner. As mulheres fáceis... E por todo lado pedaços de pão atirados na sarjeta. Os irlandeses, você sabe, ao redor de Covent Garden... Voltando de um baile, depois do relógio do

Hyde Park Corner, você lembra a sensação das luvas brancas? Meu pai lembrava-se do velho Duque no Park. Dois dedos assim – ele tocava no chapéu... Fiquei com o álbum da minha mãe. Um lago e um casal de namorados. Ela copiava a poesia de Byron, acho, na caligrafia italiana, como era então chamada....”

“O que é isso? 'Derrubei todos eles na Old Kent Road.' Lembro-me do nosso engraxate assobiando isso. Oh, minha querida, os criados... A velha Ellen... Dezesseis libras de ordenado por ano... E as latas de água quente! E as crinolinas! E os espartilhos! Você se lembra do Crystal Palace, e dos fogos de artifício, e de como as sandálias de Mira sumiram na lama?”

“Aquela é a jovem sra. Giles... Lembro-me da mãe dela. Morreu na Índia... Vestíamos, acho, uma quantidade imensa de anáguas naquele tempo. Anti-higiênico? Ouso dizer... Bem, veja a minha filha. À direita, logo atrás de você. Nos seus quarenta, mas esguia como uma vara. Cada residência tem seu refrigerador... Minha mãe gastava a metade da manhã organizando o jantar.... Éramos onze. Contando os criados, dezoito na família.... Agora simplesmente telefonam para os armazéns... Ali vem Giles, com a sra. Manresa. Ela é do tipo que não me agrada. Posso estar errada... E o Coronel Mayhew, impecável como sempre... E o sr. Cobbet de Cobbs Corner, ali, debaixo da Araucária Chilena. Não é alguém que se vê com muita frequência... É isso que é tão bonito – reúne as pessoas. Nesses dias, em que estamos todos tão ocupados, é isso que se quer... O programa? Você pegou? Vejamos o que vem a seguir... O Século Dezenove... Veja, ali está o coro, os moradores, entrando em cena, por entre as árvores. Primeiro, tem o prólogo....”

Uma caixa grande, drapejada de baeta vermelha e enfeitada com pesadas borlas douradas, fora levada para o meio do palco. Havia um ruge-ruge de roupas, um corre-corre de cadeiras. A plateia sentava-se, apressadamente, contritamente. O olho da srta. La Trobe fixou-se neles. Ela lhes concedeu dez segundos para recomporem o rosto. Então baixou a mão. Uma pomposa marcha irrompeu. “Firme, envolvente, audaz e insolente”, etc.... E mais

· 111 ·

uma vez um vulto imenso e simbólico emergiu dos arbustos. Era Budge, o dono do pub; mas tão disfarçado que até mesmo camaradas que bebiam com ele toda noite não o reconheceram; e um risinho contido de interrogação sobre sua identidade circulou entre os moradores. Ele vestia uma capa longa e preta e de muitas abas; impermeável; lustrosa; da solidez de uma estátua de Parliament Square; um capacete que sugeria um policial; uma fileira de medalhas atravessava-lhe o peito; e na mão direita segurava, estendido, um cassetete de policial voluntário (emprestado pelo sr. Willert, do Hall). Era a voz, rouca e rascante, saindo de uma barba preta e grossa, feita de algodão, que o traía.

"Budge. Budge. É o sr. Budge", cochichava a plateia.

Budge estendeu o bastão e falou:

Não é um trabalho fácil controlar o tráfego no Hyde Park Corner. Coches coletivos e cabriolés de aluguel. Tudo estrondeando nas pedras do calçamento. Não consegue manter a direita? Ei, o senhor aí, Pare!

(ele agitava o bastão)

Lá vai ela, aquela velha, com o guarda-chuva debaixo do focinho do cavalo.

(o bastão apontava notoriamente para a sra. Swithin)

Ela ergueu a mão ossuda como se na verdade tivesse levantado voo do passeio sob o impulso do momento diante da justa ira da autoridade. Recebeu o merecido castigo, pensou Giles, pondo-se do lado da autoridade contra a tia.

Nevoeiro ou bom tempo, cumpro meu dever (continuou Budge). Em Piccadilly Circus, em Hyde Park Corner, controlando o tráfego do Império de Sua Majestade. O Xá da Pérsia; o Sultão do Marrocos; ou pode ser Sua Majestade em pessoa; ou os turistas de Cook; os negros; os brancos; os marinheiros, os soldados; atravessando o Oceano; para proclamar o Império dela; Todos eles Obedecem a Regra do meu bastão.

(ele o brandia esplendorosamente da direita para a esquerda)

Mas meu ofício não termina aí. Ponho sob minha proteção e direção a pureza e a segurança de todos os subordinados de

Sua Majestade; em todos os territórios de seus domínios; insisto em que obedeçam às leis de Deus e do Homem.

As leis de Deus e do Homem (ele repetiu e fez como se consultasse um Estatuto; escrito em letra de forma numa folha de pergaminho que, com todo o cuidado, ele agora tirava do bolso da calça)

Ir à Igreja no domingo; na segunda, às nove em ponto, pegar o Ônibus da Cidade. Na terça ir, quem sabe, participar de uma reunião na Mansion House pela redenção do pecador; ao jantar, na quarta, participar de outra – sopa de tartaruga. Possivelmente algum barulho na Irlanda; a Fome. Os Fenianos. Ou algo assim. Na quinta, são os nativos do Peru que precisam de proteção e reprimenda; nós lhes damos o que é devido. Mas observem, nosso domínio não termina aí. É um país Cristão, o nosso Império; sob a Rainha Branca Vitória. Por sobre o pensamento e a religião; a bebida; a roupa; os modos; o casamento também, eu estendo meu bastão. Prosperidade e respeitabilidade sempre andam, como sabemos, de mãos dadas. O monarca de um Império deve ficar de olho no catre; e também dar uma espiada na cozinha; na sala de estar; na biblioteca; em qualquer lugar em que um ou dois, eu e você, se juntem. A pureza, a nossa divisa; a prosperidade e a respeitabilidade. Em caso contrário, ora, deixemos que apodreçam em...

(ele fez uma pausa – não, não havia esquecido sua fala)

Cripplegate; St. Giles's; Whitechapel; as Minories. Que suem nas minas; tussam nos teares; padeçam merecidamente sua sina. É o custo do Império; é a carga do homem branco. E, posso dizer-lhes, controlar o tráfego ordenadamente, no Hyde Park Corner, no Piccadilly Circus, é um trabalho de um homem branco em tempo integral.

Eminente, dominante, olhando furioso de seu pedestal, ele fez uma pausa. Ele fazia uma bela figura de homem, todo mundo concordava, com seu bastão estendido; com sua capa impermeável. Só faltava uma pancada de chuva, uma revoada de pombos à volta de sua cabeça e os repicantes sinos da catedral de

St. Paul e da Westminster Abbey para transformá-lo, sem tirar nem pôr, num Policial Vitoriano; e para transportá-los para um nebuloso fim de tarde londrino, com as sinetas dos vendedores de bolinhos retinindo e os sinos das igrejas repicando no auge mesmo da prosperidade vitoriana.

Houve uma pausa. Podia-se ouvir as vozes dos peregrinos cantando, à medida que entravam e saíam, serpenteando, por entre as árvores; mas as palavras eram inaudíveis. A plateia, sentada, esperava.

"Tsc-tsc-tsc", discordou a sra. Lynn Jones. "Havia grandes homens entre eles..." Por qual razão, ela não sabia, contudo sentia, de alguma forma, que um escárnio fora dirigido a seu pai; portanto, a ela própria.

Etty Springett também discordava. Contudo, as crianças puxavam vagonetes nas minas; havia o porão; contudo Papai lia Walter Scott em voz alta após o jantar; e as damas divorciadas não eram recebidas na Corte. Como era difícil chegar a alguma conclusão! Ela queria que passassem logo à próxima cena. Gostava de sair de um teatro sabendo exatamente o que aquilo queria dizer. Naturalmente, tratava-se apenas de uma peça local.... Estavam preparando outra cena ao redor da caixa de baeta vermelha. Ela leu o programa em voz alta:

"O Piquenique. Cerca de 1860. Cenário: Um lago. Personagens—"

Ela se deteve. Um lençol havia sido estendido no terraço. Aparentemente tratava-se de um lago. Ondulações grosseiramente pintadas representavam a água. Aquelas estacas eram juncos. Andorinhas de verdade, muito graciosas, se lançavam pelo meio do lençol.

"Veja, Minnie!", exclamou ela. "São andorinhas de verdade!"

"Psiu, psiu", ela foi admoestada. Pois a cena começara. Um jovem, em calças bufantes e de suíças, com uma bengala com ponta de metal, apareceu junto ao lago.

EDGAR T.... Deixe-me ajudá-la, srta. Hardcastle! Ali!

(ele ajuda a srta. Eleanor Hardcastle, uma jovem dama em crinolina e chapéu-cogumelo, a subir ao topo. Levemente ofegantes, eles param por um momento para contemplar a paisagem.)

ELEANOR. Como a igreja parece pequena lá embaixo, no meio das árvores!

EDGAR.... Então esta é a Fonte do Viandante, o lugar de encontros.

ELEANOR.... Por favor, sr. Thorold, termine o que estava dizendo antes que os outros cheguem. O senhor estava dizendo, "Nosso objetivo na vida...

EDGAR.... Deveria ser o de ajudar nossos companheiros.

ELEANOR. (suspirando profundamente) Quão verdadeiro – quão profundamente verdadeiro!

EDGAR.... Por que suspirar, srta. Hardcastle? – Não tem nada de que se reprovar – a senhorita cuja vida é dedicada ao serviço dos outros. Era em mim mesmo que pensava. Já não sou jovem. Aos vinte e quatro os melhores dias da vida já se foram. Minha vida tem passado (ele joga uma pedra no lago) como uma ondulação na água.

ELEANOR. Oh, sr. Thorold, o senhor não me conhece. Não sou o que pareço. Eu também –

EDGAR.... Não me diga, srta. Hardcastle – não, não posso acreditar – *A senhorita* teve dúvida?

ELEANOR. Graças aos céus, não, isso não... Mas segura e abrigada como sou, sempre em casa, protegida, tal como o senhor me vê, tal como o senhor me julga. Oh, o que estou dizendo? Mas, sim, falarei a verdade, antes que Mamãe chegue. Eu também tenho desejado converter os Pagãos!

EDGAR.... Srta. Hardcastle... Eleanor... A senhorita me tenta! Ouso pedir-lhe? Não – tão jovem, tão bela, tão inocente. Pense, imploro-lhe, antes de responder.

ELEANOR.... Tenho pensado – de joelhos!

EDGAR (tirando um anel do bolso) Então.... Minha mãe, em seu último suspiro, me encarregou de dar este anel apenas a quem uma vida inteira no deserto africano entre os Pagãos fosse –

ELEANOR (pegando o anel) A felicidade perfeita! Mas caluda! (Ela enfia o anel no bolso) Aí está a Mamãe! (Eles se separam)

(Entra a sra. Hardcastle, uma dama robusta numa bombazina preta, em cima de um burro, escoltada por um cavalheiro idoso com um gorro de caçador de cervos)

SRA. H.... Então chegaram antes de nós, meus jovens. Houve uma época, Sir John, em que o senhor e eu éramos sempre os primeiros a chegar ao topo. Agora...

(Ele a ajuda a desmontar. Crianças, rapazes, moças, alguns carregando cestos, outros, redes de caçar borboletas, outros, lunetas, latas para plantas, chegam. Um tapete é estendido à beira do lago, e a sra. H. e Sir John sentam-se em banquetas dobráveis.)

SRA. H.... Agora quem vai encher as chaleiras? Quem vai juntar os gravetos? Alfred (falando a um garotinho), não fique correndo por aí caçando borboletas senão vai ficar doente... Sir John e eu vamos descarregar os cestos, aqui onde a grama está queimada, aqui onde fizemos o piquenique no ano passado.

(Os jovens se espalham em diferentes direções. A sra. H. e Sir John começam a descarregar os cestos)

SRA. H.... No ano passado, o pobre coitado do sr. Beach estava conosco. Foi um santo alívio (Ela puxa um lenço de orla preta e enxuga os olhos.) Todo ano falta um de nós. Aqui está o presunto... Aqui está o tetraz... Ali, naquele pacote, estão os pastelões de carne de caça... (Ela dispõe a comida na grama) Como estava dizendo, o pobre coitado do sr. Beach... Espero que o creme não tenha coalhado. O sr. Hardcastle está trazendo o clarete. Sempre deixo isso a seu cargo. Apenas quando o sr. Hardcastle começa a falar com o sr. Piggot sobre os romanos... no ano passado eles se estranharam bastante.... Mas é bom que os cavalheiros tenham um passatempo, embora juntem poeira – caveiras e todas essas coisas.... Mas eu estava dizendo – o pobre coitado do sr. Beach.... Queria perguntar-lhe (ela baixa a voz), como amigo da família, sobre o novo clérigo – eles não conseguem nos ouvir, não é mesmo? Não, estão catando gravetos....

No ano passado, que decepção. Foi só o tempo de tirar as coisas... lá veio a chuva. Mas queria perguntar-lhe sobre o novo clérigo, o que veio ocupar o lugar do estimado sr. Beach. Disseram-me que o nome é Sibthorp. Sem dúvida, espero estar correta, pois tenho um primo que se casou com uma moça com esse sobrenome, e, como amigo da família, não precisamos fazer cerimônias... E quando se têm filhas – certamente o invejo muitíssimo, com uma só, Sir John, enquanto eu tenho quatro! Assim, estou lhe pedindo em confidência, sobre esse jovem – se é que este é o seu nome – Sibthorp, pois devo dizer-lhe que anteontem se deu o caso de a nossa Sra. Potts dizer, ao passar pela Casa Paroquial, trazendo nossa roupa lavada, eles estavam descarregando os móveis; e o que ela viu em cima do armário? Um abafador de chá! Mas naturalmente ela podia estar enganada... Mas me ocorreu perguntar-lhe, como um amigo da família, em confidência, *o sr. Sibthorp tem esposa?*

Neste ponto um coro composto de moradores em mantos vitorianos, suíças e cartolas cantam em concerto:

Oh, tem esposa o sr. Sibthorp? Oh, tem esposa o sr. Sibthorp? Essa é a vespa, a abelha no cabelo, a pua na pedra e a broca; essa vertigem e esse desvario desvelam eternamente as dobras do coração materno; pois uma mãe deve perguntar, se filhas ela tem, concebidas no leito de plumas e baldaquino da família, Oh, desfez ele os baús, com o livro de preces e o colarinho clerical; a batina e a bengala; a vara e a linha; e o álbum de família e a arma; ademais exibiu aquele respeitável emblema conjugal da mesa do chá, um abafador com uma madressilva em relevo? Tem esposa o sr. Sibthorp? Oh, tem esposa o sr. Sibthorp?

Enquanto o coro era entoado, os participantes do piquenique se juntavam. Rolhas espoucavam. O tetraz, o presunto, o frango eram fatiados. Os maxilares mastigavam. Os copos eram enxugados. Nada era ouvido além do trincar das mandíbulas e do tinir dos copos.

"Eles comeram mesmo", sussurrou a sra. Lynn à sra. Springett. "É a pura verdade. Mais do que é sadio para eles, ouso dizer."

SR. HARDCASTLE... (tirando restos de carne dos bigodes) Agora...

"Agora o quê?", sussurrou a sra. Springett, antecipando mais cenas burlescas.

Agora que satisfizemos o apetite, vamos satisfazer o desejo do espírito. Convido uma das moças a nos brindar com uma canção.

CORO DAS MOÇAS... Oh, eu não... eu não... eu realmente não poderia... Não, seu malvado, o senhor sabe que perdi a voz... Não posso cantar sem acompanhamento... etc., etc.

CORO DOS MOÇOS... Oh, que bobagem! Vamos cantar "A última rosa do verão". Vamos cantar "Nunca me afeiçoei a uma terna gazela."

MRS. H. (autoritariamente) Eleanor e Mildred irão cantar agora "Queria ser uma borboleta."

(Eleanor e Mildred levantam-se obedientes e cantam em dueto: "Queria ser uma borboleta".)

MRS. H. Muito obrigada, minhas queridas. E agora, cava-lheiros, Nossa Pátria!

(Arthur e Edgar cantam "Domine, Britânia".)

SRA. H.... Muito obrigada, sr. Hardcastle – ?

SR. HARDCASTLE (pondo-se em pé, segurando seu fóssil) Rezemos.

(o elenco todo se pôs de pé)

"Isso é um exagero, um exagero", protestou a sra. Springett.

SR. H.... Deus Todo Poderoso, provedor de todas as dádivas, nós te somos gratos; pelo alimento e pela bebida; pelas belezas da natureza; pela compreensão com que nos iluminaste (ele apalpava seu fóssil) E pelo grande dom da paz. Permite-nos que sejamos teus servos na terra; permite-nos que espalhemos a luz de tua...

Aqui o quarto traseiro do burro, representado por Albert, o idiota, começou a se mexer. De propósito ou por acaso?

"Vejam o burro! Vejam o burro!"

Risinhos abafavam a prece do sr. Hardcastle; e então se pôde ouvi-lo dizendo:

... um venturoso retorno à casa com corpos renovados por tua dádiva e mentes inspiradas por tua sabedoria. Amém.

Segurando o fóssil à sua frente, o sr. Hardcastle pôs-se em marcha. O burro foi capturado; os cestos foram enchidos; e alinhados em procissão, os participantes do piquenique começaram a desaparecer atrás da colina.

EDGAR (com Eleanor, fechando a procissão) Converter o pagão!

ELEANOR. Ajudar o próximo!

(Os atores desapareceram no meio dos arbustos.)

BUDGE.... É hora, cavalheiros, é hora, damas, é hora de fazer as malas e ir embora. De onde estou, o bastão em punho, protegendo a respeitabilidade, e o progresso, e a pureza da terra de Vitória, vejo à minha frente – (ele apontou: ali estava Pointz Hall; as gralhas crocitando; a fumaça subindo)

Lar, doce Lar.

O gramofone retomava a melodia: Por prazeres e palácios, etc. Nada se compara ao lar.

BUDGE.... Para casa, cavalheiros; para casa, damas, é hora de fazer as malas e ir para casa. Não vejo eu a chama (ele apontou: uma janela luzia rubra) luzindo cada vez mais forte? Na cozinha; e no quarto das crianças; na sala de estar e na biblioteca? É a chama do Lar. E vejam! Nossa Jane trouxe o chá. Agora, crianças, onde estão os brinquedos? Mamãe, seu tricô, rápido. Pois ali (ele apontou o bastão para Cobbet de Cobbs Corner) está o chefe de família, de volta ao lar vindo do centro financeiro, de volta ao lar vindo do balcão, de volta ao lar vindo da loja. "Mamãe, uma xícara de chá." "Crianças, juntem-se ao redor do meu joelho. Vou ler em voz alta. O que preferem? Simbad, o marujo? Ou alguma história simples das Escrituras? E querem que mostre as gravuras? Nada disso? Então espalhem os cubos. Vamos montar: Uma estufa? Um laboratório? Um Instituto de

· 119 ·

Mecânica? Ou quem sabe uma Torre; com nossa Bandeira no topo; onde nossa Rainha viúva, após o chá, convida os órfãos reais a se reunirem ao redor de seus joelhos? Pois isso é o Lar, damas, o Lar, cavalheiros. Por mais humilde que seja, não há nada como o Lar.

O gramofone trinou Lar, Doce Lar, e Budge, levemente cambaleando, desceu da caixa e seguiu a procissão que saía do palco.

Houve um intervalo.

"Ah, mas era tão lindo", protestou a sra. Lynn Jones. O Lar, queria ela dizer; a sala iluminada; as cortinas da cor do rubi; e Papai lendo em voz alta.

Eles enrolavam o lago e arrancavam os juncos. Andorinhas de verdade roçavam a grama de verdade. Mas ela ainda via o lar.

"Era...", repetia ela, referindo-se ao Lar.

"Barata e maldosa, é a minha opinião", invectivou Etty Springett, referindo-se à peça, e lançando um olhar malicioso às calças verdes, à gravata de bolinhas amarelas e ao colete desabotoado de Dodge.

Mas a sra. Lynn Jones ainda via o lar. Havia, devaneava ela, enquanto a baeta vermelha de Budge era desenrolada, algo – não de impuro, não era esta a palavra – mas talvez de "pouco higiênico" quanto ao Lar? Feito um pedaço de carne rançosa, barbada, como diziam as criadas? Se não, por que ele pereceu? O tempo avançava sem parar como os ponteiros do relógio da cozinha. (O aparelho fazia treque-treque no meio dos arbustos.) Se não tivessem encontrado nenhuma resistência, devaneava ela, nada de errado, eles ainda estariam girando e girando e girando. O Lar teria sobrevivido; e a barba de Papai, pensou ela, teria crescido e crescido; e o tricô de Mamãe – o que fazia ela com todo aquele tricô? – A mudança tinha que chegar, disse para si mesma, do contrário haveria metros e metros da barba de Papai, do tricô de Mamãe. Hoje em dia seu genro mantinha o rosto escanhoado. A filha tinha um refrigerador.... Meu Deus!, como minha mente vagueia, refreou-se ela. O que ela queria dizer era que a mudança tinha que chegar, a menos que as coisas fossem perfeitas; caso em que, supunha, elas resistiriam ao Tempo. O Céu era imutável.

"Eles eram assim?", perguntou-se Isa abruptamente. Ela olhava para a sra. Swithin como se ela tivesse sido um dinossauro ou um mamute muito pequeno. Extinta é o que ela deveria estar, já que tinha vivido no reinado da Rainha Vitória.

Taque, taque, taque, continuava o aparelho no meio dos arbustos.

"Os Vitorianos", devaneava a sra. Swithin. "Não creio", disse ela com seu estranho sorrisinho, "que alguma vez tenha existido tais pessoas. Apenas você e eu e William vestidos de forma diferente."

"A senhora não acredita na história", disse William.

O palco continuava vazio. No campo as vacas se movimentavam. As sombras eram mais carregadas embaixo das árvores.

A sra. Swithin acariciava seu crucifixo. Ela contemplava distraidamente a paisagem. Ela partira, supunham eles, numa viagem circular da imaginação – unificante. Ovelhas, vacas, gramado, árvores, nós mesmos – somos todos um. Ainda que discordantes, produzindo harmonia – se não para nós, para uma orelha gigantesca presa a uma gigantesca cabeça. E assim – ela sorria, benevolente – a agonia da ovelha, da vaca ou do ser humano específico é necessária; e, desse modo – ela sorria, seráfica, na direção do cata-vento dourado ao longe – chegamos à conclusão de que *tudo* é harmonia, desde que consigamos ouvi-la. E conseguiremos. Seus olhos fixavam-se agora no pico branco de uma nuvem. Bem, se a ideia a confortava, William e Isa trocavam sorrisos com ela de permeio, que ela a sustente.

Taque taque taque, reiterava o aparelho.

"Conseguiram captar o significado?", disse a sra. Swithin, voltando de repente das alturas. "O da srta. La Trobe?"

Isa, cujos olhos estiveram vagando, fez que não com a cabeça.

"Mas se poderia dizer o mesmo de Shakespeare", disse a sra. Swithin.

· 121 ·

"Shakespeare e os tubos musicais!", interveio a sra. Manresa. "Meu Deus, que bárbara vocês todos me fazem sentir!"

Ela se voltou para Giles. Ela invocava sua ajuda contra esse ataque ao jovial coração humano.

"Disparates", resmungou Giles.

Nada, absolutamente nada, aparecia no palco.

Dardos de luz vermelha e verde reverberavam dos anéis nos dedos da sra. Manresa. Os olhos dele foram deles para a tia Lucy. Dela para William Dodge. Dele para Isa. Ela se recusou a encontrar os olhos dele. E ele baixou os olhos para seus tênis manchados de sangue.

Ele disse (sem palavras) "Estou terrivelmente infeliz."

"Eu também," ecoou Dodge.

"E eu também," pensou Isa.

Estavam todos capturados e encarcerados; prisioneiros; assistindo a um espetáculo. Nada acontecia. O tique-taque do aparelho era enlouquecedor.

"Em frente, burrinho," murmurou Isa, "cruzando o deserto... suportando tua carga..."

Sentia o olho de Dodge sobre ela enquanto movia os lábios. Sempre havia algum olho frio rastejando sobre a superfície como uma varejeira! Ela se livrou dele com um piparote.

"Como demoram!", exclamou ela, irritada.

"Mais um intervalo," leu Dodge em voz alta, consultando o programa.

"E depois o que mais?", perguntou Lucy.

"A época atual. Nós mesmos," leu ele."

"Confiemos em Deus que seja o final," disse Giles rispidamente.

"Agora você está sendo malvado," repreendeu a sra. Manresa o seu garotinho, o seu soturno herói.

Ninguém se mexia. Ali estavam eles sentados, contemplando o palco vazio, as vacas, os campos e a paisagem, enquanto o aparelho fazia tique-taque no meio dos arbustos.

"Qual é o objetivo", disse Bartholomew, despertando subitamente, "desse espetáculo?"

"A renda", leu Isa em voz alta, consultando sua cópia em carbono toda borrada, "destina-se a um fundo para instalar luz elétrica na Igreja."

"Todos os eventos de nossa aldeia", bufou o sr. Oliver, voltando-se para Manresa, "terminam com um pedido de dinheiro."

"Claro, claro", murmurou ela, reprovando a severidade dele, ao mesmo tempo em que as moedas tilintavam em sua bolsa de contas.

"Nada, na Inglaterra, é feito por nada", continuou o velho senhor. A sra. Manresa protestou. Talvez fosse verdade no que respeita aos vitorianos; mas não no que respeita a nós mesmos. Realmente acreditava ela, perguntou o sr. Oliver, que éramos desinteressados?

"Oh, o senhor não conhece meu marido!", exclamou a filha rebelde, assumindo uma atitude teatral.

Mulher admirável! Podia-se confiar nela para cocoricar quando fosse a hora, como um despertador; para parar, como um cavalo velho puxando um ônibus, quando a sineta tocasse. Oliver não disse nada. A sra. Manresa tirou seu espelhinho e cuidou do rosto.

Todos os nervos estavam à flor da pele. Eles se sentavam ali a descoberto. O aparelho fazia tique-taque. Não havia nenhuma música. Ouviam-se as buzinas dos carros na rodovia. E o silvo das árvores. Eles não eram nenhuma coisa nem outra; nem vitorianos nem eles próprios. Eles estavam suspensos, sem serem, no limbo. Taque, taque, taque, continuava o aparelho.

Isa se remexia, olhando para a direita e para a esquerda por sobre os ombros.

"Vinte e quatro melros, enfileirados numa fileira", murmurou ela.

"Lá vinha um avestruz, uma águia, um carrasco,
'Qual está no ponto,' disse ele, 'para rechear minha torta?
Qual de vocês está no ponto, qual de vocês está pronto,

Venha, meu belo cavalheiro,

Venha, minha bela dama.'..."

Por quanto tempo iria ela deixá-los à espera? "A época atual. Nós mesmos." Leram eles no programa. Então leram o que vinha a seguir: "A renda destina-se a um fundo para instalar luz elétrica na Igreja." Onde ficava a Igreja? Lá adiante. Podia-se ver o pináculo por entre as árvores.

"Nós mesmos..." Eles voltaram ao programa. Mas o que podia ela saber sobre nós? Os elisabetanos, sim; os vitorianos, talvez; mas nós mesmos; sentados aqui num dia de junho de 1939 – era ridículo. "Eu mesma" – era impossível. Outras pessoas, talvez... Cobbet de Cobbs Corner; o Major; o velho Bartholomew; a sra. Swithin – eles todos, talvez. Mas ela não irá me capturar – não, não a mim. A plateia se remexia. Dos arbustos chegavam sons de risada. Mas nada, absolutamente nada, aparecia no palco.

"O que faz com que ela nos deixe à espera?", perguntou, irritado, o Coronel Mayhew. "Se for a época atual eles não precisam trocar de roupa."

A sra. Mayhew concordava. A menos, claro, que ela vá terminar com um Grand Ensemble. O Exército; a Marinha; a Union Jack; e atrás deles talvez – a sra. Mayhew esboçou o que ela teria feito se fosse o seu *pageant* – a Igreja. De papelão. Uma única janela, virada para o leste, brilhantemente iluminada para simbolizar – ela poderia desenvolver isso quando chegasse a hora.

"Ali está ela, atrás da árvore", sussurrou, apontando para a srta. La Trobe.

A srta. La Trobe continuava lá, com os olhos postos no roteiro. "Depois de Vit.", tinha ela escrito, "ensaiar dez min. da época atual. Andorinhas, vacas, etc." Ela queria, por assim dizer, desmascará-los, mergulhá-los na época atual: na realidade. Mas algo dera errado com o experimento. "Realidade forte demais," resmungou ela. "Malditos sejam!" Ela sentia tudo o que eles sentiam. A plateia era o diabo. Oh, escrever uma peça sem plateia – a peça. Mas aqui estava ela enfrentando a plateia. A cada segundo eles se libertavam mais das amarras. Seu joguinho dera errado. Se ao menos ela tivesse um pano de fundo para pendurar entre as árvores – para isolar as vacas, as andorinhas, a época atual. Mas ela não tinha nada. Ela proibira a música. Raspando os dedos na casca da árvore, ela amaldiçoava a plateia. O pânico tomava conta dela. De seus sapatos parecia jorrar sangue. Isto é a morte, a morte, a morte, anotou ela na margem de sua mente; quando a ilusão fracassa. Incapaz de erguer a mão, ela se manteve em pé, enfrentando a plateia.

E então a chuva caiu, repentina, abundante.

Ninguém vira a nuvem chegar. Ali estava ela, negra, caudalosa, em cima deles. Chovia a cântaros como se todas as pessoas do mundo estivessem chorando. Lágrimas. Lágrimas. Lágrimas.

"Oh, se nossa humana dor pudesse aqui terminar!", murmurou Isa. Ao olhar para cima ela recebeu em cheio dois fortes borrões de chuva no rosto. Eles escorreram por suas faces como se fossem suas próprias lágrimas. Mas eram as lágrimas de todo mundo, chorando por todo mundo. Mãos se erguiam. Aqui e ali um guarda-chuva se abria. A chuva era repentina e universal. Então ela parou. Do gramado erguia-se um odor fresco e terroso.

"Era o que faltava", suspirou a srta. La Trobe, enxugando as gotas no rosto. Mais uma vez a natureza fizera a sua parte. O risco que ela correra encenando a peça ao ar livre estava justificado. Ela empunhava seu roteiro. A música começou – A. B. C. – A. B. C. A canção era a mais simples possível. Mas agora que a chuva caíra, era a outra voz que falava, a voz que não era a voz de ninguém. E a voz que chorava pela infindável dor humana dizia:

O Rei no tesouro
Conta seu ouro,
A Rainha no salão...

"Oh, se minha vida pudesse aqui terminar!", murmurou Isa (cuidando para não mover os lábios). Prontamente dotaria essa voz de toda a riqueza que possuísse se assim as lágrimas pudessem ser estancadas. O frágil fio de som poderia tê-la por inteiro. No altar da terra impregnada de chuva ela depôs seu sacrifício....

"Oh, vejam!", gritou ela.

Aquilo era uma escada. E aquilo (um pano grosseiramente pintado) era uma muralha. E aquilo um homem com um cocho de pedreiro nas costas. O sr. Page, o repórter, molhando o lápis, anotou: "Com os limitadíssimos meios ao seu dispor, a srta. La Trobe trouxe à plateia a Civilização (a parede) em ruínas; reconstruída (observem o homem com o cocho) com o esforço humano; observem também a mulher passando-lhe tijolos. Qualquer parvo poderia compreender isso tudo. Agora entrou em cena o homem negro de peruca crespa; outro, cor-de-café com turbante prateado; supostamente representam a Liga das..."

Uma salva de palmas saudou este elogioso tributo a nós mesmos. Tosco, sem dúvida. Mas ela teve que controlar as despesas. Um pano pintado devia transmitir – aquilo que disseram ambos, o *Times* e o *Telegraph*, em seus editoriais naquela mesma manhã.

A canção cantarolava:

O Rei no tesouro

Conta seu ouro,

A Rainha no salão...

De repente a canção parou. A canção mudou. Uma valsa, era isso? Algo meio que conhecido, meio que não. As andorinhas dançavam ao seu compasso. Em voltas e mais voltas, para um lado e para o outro, elas planavam. Andorinhas de verdade. Recuando e avançando. E as árvores, oh, as árvores, quão graves e serenas, como senadores em reunião, ou como os pilares espaçados de alguma catedral.... Sim, elas obstruíam a música, e se avolumavam e se amontoavam; e impediam o que fosse fluido de extravasar. As andorinhas – ou eram martinetes? – Os martinetes que frequentam os templos, que chegam, que sempre chegaram... Sim, empoleirados na parede, eles pareciam predizer o que, afinal, dizia ontem o *Times*. Casas serão construídas. Cada residência com seu refrigerador num nicho da parede. Cada um de nós um homem livre; pratos lavados por máquinas; nenhum aeroplano para nos atormentar; todos libertados; refeitos....

· 126 ·

A canção descambou; disparou; estancou; serpeou. Foxtrote seria? Jazz? Seja como for, o ritmo pegou, recuou, falhou. Que barulho e que burburinho! Bem, com os meios que ela tinha ao seu dispor, não se pode pedir muito. Que cacarejo, que cacofonia! Nada terminava. Tão abrupto. E corrupto. Que ultraje; que insulto; e nada simples. Muito em dia, não obstante. Qual é a dela? Perturbar? Andar e acelerar? Sacudir-se e pôr-se a rir? Pôr o dedo no nariz? Piscar e espreitar? Esgueirar-se e espiar? Ó a irreverência da geração que só momentaneamente – graças sejam dadas – é "a nova." A nova, que não sabe fazer, mas só romper; estilhaçar em lascas a velha visão; reduzir a átomos o que era inteiro. Que cacarejo, que matraqueio, que martelo – como chamam o pica-pau, a ave gargalhante que vai de galho em galho.

Vejam! Lá vinham eles, dos arbustos – a arraia-miúda. Crianças? Duendes – elfos – diabos. Carregando o quê? Latas? Candelabros? Jarras velhas? Meu Deus, aquele é o espelho giratório da residência paroquial! E o espelho – que emprestei a ela! Da minha mãe. Rachado. Qual é a ideia? Qualquer coisa que brilhe o suficiente para, supostamente, refletir a nós mesmos?

Nós mesmos! Nós mesmos!

Eles vinham aos pulos, aos arrancos, aos pinotes. Faiscando, ofuscando, dançando, saltitando. Agora o velho Bart... ele foi flagrado. Agora a Manresa. Aqui um nariz... Ali uma saia... E depois apenas calças... Agora talvez um rosto.... Nós mesmos? Mas isso é cruel. Flagrar-nos como somos, antes que tivéssemos tempo de assumir... E ainda assim em partes... É isso que é tão desfigurante e perturbador e absolutamente injusto.

Arremedando, macaqueando, balançando, cabriolando, os espelhos dardejavam, relampejavam, desmascaravam. As pessoas das fileiras de trás levantavam-se para ver a diversão. Logo voltavam a sentar, eles mesmos flagrados... Que horrível exposição! Até para os velhos que, supõe-se, não tinham mais nenhuma preocupação com o rosto.... E, Deus meu! o burburinho e a balbúrdia! Até as vacas aderiram. Ao bater os cascos, ao sacudir o rabo, a reticência da natureza e as barreiras que deveriam separar o Homem, o Senhor, do Animal se dissolviam. Então os cães aderiram. Excitados pelo alvoroço, correndo e mordendo, aqui vinham eles! Vejam! E o cão de caça, o galgo afegão... vejam só!

Então uma vez mais, no tumulto que nesta altura tinha saído de controle, vejam a srta. Fulana de Tal atrás da árvore, chamada de trás dos arbustos – ou foram *eles* que fugiram? – a Rainha Bess, a Rainha Anne; e a garota da Alameda; e a Idade da Razão; e Budge, o policial. Aqui vinham eles. E os Peregrinos. E os amantes. E o relógio de coluna. E o velho de barba. Todos eles se apresentaram. E mais, cada um deles declamava alguma frase ou fragmento de seu respectivo papel... Não estou (disse um deles) em meu perfeito juízo... Um outro, sou a Razão... E eu? Sou a velha cartola.... Para o lar volta o caçador, para o lar vindo da colina... Para o lar? Onde o mineiro transpira, e a fé da donzela é rudemente violada.... Doce e suave; doce e suave, vento do mar ocidental... É uma adaga isso que vejo diante de mim?... A coruja pia e a hera zomba com panca-panca-pancadinhas na vidraça.... Dama, que amo até morrer, deixa teu aposento e vem... Onde a lagarta tece seu sinuoso lençol... Queria ser uma borboleta. Queria ser uma borboleta.... Em tua vontade reside nossa paz.... Aqui, Papai, pegue seu livro e leia em voz alta.... Psiu, psiu, os cães ladram e os mendigos...

Era o espelho giratório que se mostrava pesado demais. O jovem Bonthrop, apesar de toda a sua musculatura, não conseguia mais carregar aquela maldita coisa de um lado para o outro. Ele estacou. Do mesmo modo, tudo fez o mesmo – os espelhos de mão, as latas, os refugos de vidro da despensa, o espelho da sala de arreios, e os espelhos emoldurados em pesado relevo de prata – tudo estacou. E as pessoas da plateia viam a si mesmas, não inteiras de maneira alguma, mas, de qualquer modo, sentadas, imóveis.

Os ponteiros do relógio tinham parado no instante presente. Era agora. Nós mesmos.

Esse era o joguinho dela então! Exibir-nos como somos aqui e agora. Todos trocados, maquiados, cortados; as mãos estavam aumentadas, as pernas, trocadas. Até mesmo Bart, até mesmo Lucy, desviavam o olhar. Todos se esquivavam ou se cobriam – exceto a sra. Manresa que, vendo-se no espelho, usou-o como um espelho; puxou o seu espelhinho; empoou o nariz; e pôs um cacho, desarranjado por uma brisa, no seu devido lugar.

"Magnífico!", gritou o velho Bartholomew. Ela mantinha, sozinha, sua identidade ao abrigo da vergonha e olhava de frente sem piscar. Calmamente ela pintou os lábios de vermelho.

Os que carregavam o espelho se agacharam; maliciosos; vigilantes; expectantes; expositivos.

"São eles", diziam, com um risinho abafado, os das fileiras de trás. "Devemos nos submeter passivamente a essa perniciosa indignidade?", perguntava a fileira da frente. Cada um deles se voltava ostensivamente para dizer – ah, seja lá o que viesse a calhar – ao seu vizinho. Cada um deles tentava se deslocar uma polegada ou duas para sair do alcance do inquisitivo e insultante olho. Alguns fizeram menção de ir embora.

"A peça acabou, presumo", resmungou o Coronel Mayhew, reavendo o chapéu. "Está na hora..."

Mas antes que tivessem chegado a uma conclusão comum, uma voz se impôs. De quem era a voz ninguém sabia. Vinha dos arbustos – uma declaração megafônica, anônima, tonitruante. A voz disse:

"Antes de nos separarmos, damas e cavalheiros, antes de irmos embora..." (Aqueles que tinham se levantado voltaram a se sentar) "... falemos em palavras de uma sílaba só, sem adornos, sem empolação ou palavreado. Quebremos o ritmo e esqueçamos a rima. E calmamente contemplemos a nós mesmos. Nós mesmos. Alguns ossudos. Outros gordos." (Os espelhos confirmavam isso.) "Mentirosos, a maioria de nós. Ladrões também." (Os espelhos não fizeram nenhum comentário a esse respeito.) "Os pobres são tão maus quanto os ricos. Talvez piores. Não nos escondamos no meio de trapos. Nem permitamos que nossa roupa nos isente. Nem, já que estamos nisso, o nosso conhecimento livresco; nem a nossa habilidade ao piano; nem a mão de tinta que damos à pintura. Nem demos como certo que haja inocência na infância. Pensem na ovelha. Ou na lealdade no amor. Pensem nos cães. Ou na virtude daqueles que ganharam cabelos brancos. Pensem nos assassinos a mão armada, nos lançadores de bombas, – aqui ou ali. Eles fazem abertamente o que nós fazemos às escondidas. Considerem, por exemplo (aqui o megafone adotou um tom coloquial, informal) o bangalô do sr. M. Uma paisagem estragada para sempre. Isso é crime... Ou o batom e as unhas vermelho-sangue da sra. E.... Um tirano, lembrem-se, é metade escravo. Idem a vaidade do sr. H., o escritor, escavando na esterqueira em busca de uma fama barata... Depois há a cordial condescendência da senhora da herdade – a postura da classe alta. Comprando ações na bolsa para revendê-las.... Oh, somos todos iguais. Considerem agora a minha própria pessoa. Isento-me de minha própria reprovação, simulando indignação, aqui no mato, no meio das folhas? Eis aí uma rima, para sugerir, a despeito da solene declaração e do desejo de imolação, que eu também tive um quinhão do que se chama educação... Olhemos para nós mesmos, damas e cavalheiros! Depois, para a muralha; e perguntemos como deverá esta muralha, a grande muralha, que chamamos, talvez erradamente, de civilização, ser erigida (aqui os espelhos trepidavam e reluziam) com fiapos, refugos e fragmentos, tal como nós mesmos?

De qualquer modo, passo aqui (pela via da rima, fiquem atentos) a um tom mais erudito – há algo a ser dito: por nossa generosidade para com os gatos; vejam também no jornal de hoje "Amadíssimo por esposa e filhos"; e o impulso que nos leva – fiquem atentos, quando ninguém está olhando – à janela para sentir o cheiro da vagem. Ou a resoluta recusa de algum pobre coitado de pés descalços a vender sua alma. É algo que existe – não se pode negá-lo. O quê? Vocês não conseguem vislumbrá-lo? Tudo o que vocês conseguem ver de si próprios são fiapos, refugos e fragmentos? Bem, então ouçam o gramofone afirmando...."

Aqui houve um problema. Os discos tinham sido misturados. Foxtrote, Doce alfazema, Lar, Doce Lar, Domine, Britânia

– suando profusamente, Jimmy, que estava encarregado da música, deixou-os de lado e pôs o disco certo – seria Bach, Handel, Beethoven, Mozart, ou ninguém famoso, mas simplesmente uma melodia tradicional? De qualquer modo, graças aos céus, era, após o anônimo zurro do infernal megafone, alguém falando.

Igual a mercúrio deslizando, a limalha imantada, os desmembrados se reuniram. A canção começou; a primeira nota deu lugar à segunda; a segunda, à terceira. Depois, logo abaixo, uma força nasceu em oposição; depois, outra. Em níveis diferentes, elas divergiam. Em níveis diferentes, nós próprios íamos adiante; colhendo flores na superfície; outros indo fundo para se debater com o significado; mas todos compreendendo; todos envolvidos. A população inteira da imensurável profundidade da mente chegava em bandos; da desprotegida, esfolada profundidade; e a aurora surgiu; e o céu azul; do caos e da cacofonia, a cadência; mas não era apenas a melodia do som da superfície que a controlava; mas também os beligerantes guerreiros emplumados para a guerra e partindo-se em pedaços: Dividir-se? Não. Compelidos desde os confins do horizonte; convocados desde a beira de horrorosas fendas; eles se entrechocavam; se dissolviam; se unificavam. E alguns relaxavam os dedos; e outros descruzavam as pernas.

Era aquela voz nós próprios? Fiapos, refugos e fragmentos, somos nós também isso? A voz se extinguiu.

Assim como as ondas, ao se recolherem, desvelam; assim como a neblina, ao se elevar, revela; assim, erguendo os olhos (os da sra. Manresa estavam úmidos; por um instante, as lágrimas arruinaram-lhe o pó-de-arroz), eles viram, tal como as águas, ao se recolherem, deixam visíveis as botas velhas de um vagabundo, um homem, num colarinho clerical, subir sub-repticiamente numa caixa de sabão.

"O Rev. G. W. Streatfield", o repórter molhou o lápis e anotou "então falou..."

Todos olhavam pasmados. Que intolerável constrição, contração e redução ao simples absurdo ele com certeza era!

Dentre todas as visões incongruentes um clérigo vestido com a libré de sua criadagem para o fecho era a mais grotesca e completa. Ele abriu a boca. Oh, Senhor, nos proteja e nos salvaguarde das palavras, essas corruptoras, das palavras, essas impuras! Que necessidade temos nós das palavras para nos fazer lembrar? Preciso ser Thomas, você Jane?

Tal como uma gralha que tivesse saltado, despercebida, para um galho saliente e desfolhado, ele tocou o colarinho clerical e crocitou sua grasnada preliminar. Um fato mitigava o horror; o indicador, erguido do modo costumeiro, estava manchado de saliva suja de fumo. Ele não era um sujeito tão mau assim; o Rev. G. W. Streatfield; uma peça da tradicional mobília da igreja; um armário de canto; ou a viga superior de um portão, talhada por gerações de carpinteiros do interior segundo algum modelo perdido-nas-brumas-da-antiguidade.

Ele olhou para a plateia; depois para o céu. Todos eles, os bem-nascidos e a gente simples, sentiam-se envergonhados, por ele, por eles mesmos. Ali se postava ele, seu representante, seu porta-voz; seu símbolo; eles mesmos; um ridículo, um estúpido, ridicularizado pelos espelhos; ignorado pelas vacas, condenado pelas nuvens, que continuavam com sua majestosa reconfiguração da paisagem celestial; uma irrelevante forquilha no fluxo e na majestade do silencioso mundo estival.

Suas primeiras palavras (a brisa aumentara; as folhas farfalhavam) se perderam. Então foi possível ouvi-lo dizendo: "Que." A essa palavra ele acrescentou outra, "Mensagem"; e, por fim, uma frase inteira emergiu; pouco compreensível; digamos, mais exatamente, pouco audível. "Que mensagem," ele parecia estar perguntando, "nosso *pageant* queria transmitir?"

Eles entrelaçaram as mãos da maneira tradicional como se estivessem sentados numa igreja.

"Tenho me perguntado" – as palavras eram repetidas – "que significado, ou mensagem, este *pageant* queria transmitir?"

Se ele, intitulando a si mesmo como Reverendo, e também como Mestre em Artes, não sabia, quem, afinal, saberia?

"Como alguém da plateia", continuou ele (as palavras agora ganhavam sentido), "oferecerei, muito humildemente, pois não sou um crítico" – e ele tocou a tira branca que lhe circundava o pescoço com um dedo indicador amarelado – "a minha interpretação. Não, esta é uma palavra demasiadamente forte. A talentosa dama..." Ele olhou em volta. La Trobe estava invisível. Ele continuou: "Falando simplesmente como alguém da plateia, confesso que fiquei intrigado. Por qual razão, perguntei-me, nos mostraram essas cenas? Abreviadamente, é verdade. Os meios ao nosso dispor nesta tarde eram limitados. Todavia nos foram mostrados diferentes grupos. O que nos foi mostrado, se não me engano, foi o esforço redobrado. Uns poucos foram escolhidos; a multidão passava no fundo. Isso certamente nos foi mostrado. Mas, de novo, não nos foi permitido compreender – estou sendo demasiadamente presunçoso? Estou pisando, como um anjo, em lugares dos quais, como um bobo, eu deveria estar ausente? A mim, pelo menos, foi sugerido que somos partes uns dos outros. Cada um de nós é parte do todo. Sim, foi o que me ocorreu, enquanto estava sentado entre vocês, na plateia. Não percebi eu que o sr. Hardcastle aqui" (ele o apontou) "foi, noutra época, um viquingue? E em Lady Harridan – perdoem-me, se erro os nomes – uma peregrina de Canterbury? Representamos papéis diferentes; mas somos o mesmo. Deixo isso a cargo de vocês. Então, de novo, enquanto a peça ou o *pageant* prosseguia, minha atenção foi desviada. É possível que isso também fizesse parte da intenção da produtora? Pensei perceber que a natureza exerce seu papel. Ousamos nós, perguntei-me, limitar a vida a nós mesmos? Não podemos sustentar que existe um espírito que inspira, que impregna..." (as andorinhas precipitavam-se ao redor dele. Elas pareciam conscientes do que ele queria dizer. Então elas desapareceram da vista.) "Deixo isso a cargo de vocês. Não estou aqui para explicar. Este papel não me foi atribuído. Falo apenas como alguém da plateia, como um de nós. Também eu me vi refletido, ao que parece, em meu próprio espelho..." (Risadas) "Fiapos, refugos e fragmentos! Devemos, de fato, nos unir?"

· 133 ·

"Mas" ("mas" assinalava um novo parágrafo) "falo também a outro título. Como Tesoureiro do Fundo. A esse título" (ele consultou uma folha de papel) "tenho o prazer de lhes contar que um total de trinta e seis libras, dez xelins e oito pênis foi levantado pelo espetáculo desta tarde em prol de nosso objetivo: a iluminação de nossa querida e velha Igreja."

"Aplausos", relatou o repórter.

O Sr. Streatfield fez uma pausa. Ele se pôs à escuta. Ouvira ele alguma música distante?

Ele continuou: "Mas ainda há um déficit" (ele consultou o papel) "de cento e setenta e cinco libras e tanto. De modo que cada um de nós que usufruiu deste *pageant* ainda tem a oportu..." A palavra foi partida ao meio. Um zunido dividiu-a. Doze aeroplanos em perfeita formação, como uma revoada de patos selvagens, surgiram no alto. *Aquela* era a música. A plateia olhava pasmada; a plateia olhava assombrada. Então o zumbido virou zoada. Os aviões tinham sumido.

"nidade", continuou o sr. Streatfield, "de fazer uma contribuição." Ele fez um sinal. Instantaneamente, caixas de coleta foram postas em ação. Escondidas atrás dos espelhos, elas emergiam. Cobres tilintavam. Pratas retiniam. Mas, oh, que pena – que arrepios isso provocava nas pessoas! Aqui vinha Albert, o idiota, retinindo sua caixa de coleta – uma caçarola de alumínio sem a tampa. Não se podia facilmente decepcioná-lo, o pobre coitado. Xelins eram largados. Ele os tilintava e dava risadinhas; tagarelava e resmungava. Ao dar sua contribuição – meia coroa, neste caso – a sra. Parker apelou ao sr. Streatfield para que ele exorcizasse este demônio, que estendesse a proteção de sua veste clerical.

O bom homem contemplava benignamente o idiota. Sua fé tinha lugar, indicava ele, também para o outro. O outro também, parecia dizer o sr. Streatfield, é parte de nós mesmos. Mas não uma parte que gostássemos de reconhecer, acrescentou silenciosamente a sra. Springett, deixando cair sua moeda de seis pênis.

Contemplando o idiota, o sr. Streatfield perdera o fio de seu discurso. Seu domínio das palavras parecia ter sumido. Ele remexia na cruz da corrente do relógio. Então sua mão buscou o bolso da calça. Sub-repticiamente tirou dele uma caixinha de prata. Estava claro para todos que o desejo natural do homem tomava conta dele. As palavras não tinham mais utilidade para ele.

"E agora", prosseguiu ele, aninhando o isqueiro na palma da mão, "vamos à parte mais agradável do meu dever. A de propor um voto de gratidão à talentosa dama..." Ele olhou em volta em busca de um objeto que correspondesse à sua descrição. Não havia nada parecido à vista. "... que deseja, ao que parece, permanecer no anonimato." Ele fez uma pausa. "E assim..." Novamente ele fez uma pausa.

Era um momento embaraçoso. Como encerrar? A quem agradecer? Cada som da natureza era dolorosamente audível; o silvo das árvores; o sorvo de uma vaca; até o roçar das andorinhas na grama podia ser ouvido. Mas ninguém falava. A quem declarar como responsável? A quem agradecer pelo espetáculo? Não havia ninguém?

Então houve uma algaravia atrás dos arbustos; um arranhão preliminar, premonitório. Uma agulha arranhava um disco; teque, teque, teque; então, tendo encontrado o sulco, houve um rufo e um vibrato que pressagiavam "Deus..." (todos se puseram de pé) "Salve o Rei."

De pé, a plateia estava de frente para os atores; que também estavam de pé, silenciosos, com suas caixas de coleta imóveis, seus espelhos ocultos, e os trajes de seus diferentes papéis pendendo rígidos.

Feliz e glorioso,
Longo seja seu reino
Deus salve o Rei
As notas se esvaíram.

Era o fim? Os atores relutavam em sair. Eles se deixavam ficar; eles se reuniam. Ali estava Budge, o policial, falando com a velha Rainha Bess. E a Idade da Razão confraternizava com as partes dianteiras do burro. E a sra. Hardcastle passava a mão nas dobras de sua crinolina. E a pequena Inglaterra, ainda uma criança, chupava uma pastilha de hortelã tirada de um saco. Cada um deles ainda representava o papel não representado que lhes fora conferido por seus trajes. A beleza estava neles. A beleza os revelava. Era a luz que causava isso? – a suave, a esmaecida, a nada inquisitiva mas penetrante luz da tardezinha que revela profundezas na água e torna radiante até mesmo o bangalô de tijolos vermelhos?

"Vejam", cochichava a plateia, "oh, vejam, vejam, vejam. –" E uma vez mais eles aplaudiram; e os atores se deram as mãos e fizeram uma reverência.

A velha sra. Lynn Jones, buscando a bolsa, suspirou, "Que pena – será que eles têm que mudar a roupa?"

Mas era hora de fazer as malas e ir embora.

"Para o lar, cavalheiros; para o lar, damas; é hora de fazer as malas e ir embora", sibilava o repórter, passando o elástico à volta de sua caderneta. E a sra. Parker inclinava-se.

"Receio que tenha deixado cair minhas luvas. Lamento pelo incômodo que estou lhe causando. Ali embaixo, entre as cadeiras...."

O gramofone afirmava em tons inegáveis, triunfantes, mas de despedida: Dispersos estamos; nós que nos reunimos. Mas, o gramofone asseverava, conservemos na memória seja lá o que for que produziu essa harmonia.

Oh, vamos, ecoava a plateia (inclinando-se, espiando, remexendo-se), nos manter juntos. Pois há júbilo, doce júbilo, na companhia.

Dispersos estamos, repetia o gramofone.

E a plateia, virando-se, via as janelas flamejantes, cada uma delas pintada pelo sol dourado; e murmurava: "O lar, cavalheiros; o doce...", contudo atardava-se por um momento, vendo através da glória dourada talvez uma rachadura na caldeira; talvez um furo no tapete; e ouvindo, talvez, a entrega diária da fatura diária.

Dispersos estamos, informou-lhes o gramofone. E dispensou-os. Assim, endireitando-se pela última vez, cada um agarrando, quem sabe um chapéu, ou uma bengala, ou um par de luvas de camurça, pela última vez eles aplaudiram Budge e a

Rainha Bess; as árvores; a estrada branca; a Igreja de Bolney; e Hogben's Folly. Um cumprimentava o outro, e eles se dispersavam, pelos gramados, pelas trilhas, passando pela casa e indo em direção à meia-lua coberta de cascalho, em que carros, bicicletas e motos se amontoavam.

Os amigos, ao passar, se cumprimentavam.

"Penso", dizia alguém, "que a srta. Fulana de Tal deveria ter se apresentado e não ter deixado que o pastor... Afinal, é da autoria dela.... Achei muitíssimo inteligente... Oh, não, acho uma grande bobagem. *Você* entendeu o significado? Bem, ele disse que o que ela quis dizer é que todos nós representamos todos os papéis.... Ele também disse, se eu o entendi bem, que a Natureza cumpre seu papel.... Depois havia o idiota.... Além disso, por que deixar o Exército de fora se, como dizia meu marido, é da história que se trata? E se um único espírito anima o todo, o que dizer dos aeroplanos?... Ah, mas você está sendo exigente. Afinal, lembre-se, era apenas uma peça interiorana.... Quanto a mim, acho que eles deveriam ter feito um voto de agradecimento aos donos da propriedade. Quando tivemos o nosso *pageant*, a grama não se recuperou até o outono... Naquela época tínhamos tendas.... Aquele é o homem, Cobbet de Cobbs Corner, que ganha todos os prêmios em todos os espetáculos. De minha parte não admiro, como prêmio, flores nem cães..."

Dispersos estamos, o gramofone triunfou, embora se lamentasse, Dispersos estamos....

"Mas vocês devem se lembrar", tagarelavam os velhos camaradas, "que eles tinham que atuar por uma ninharia. Não se consegue recrutar pessoas, nesta época do ano, para os ensaios. Há o feno, para não falar dos filmes.... O de que precisamos é de um centro. Algo que junte todos nós... Apesar de tudo, os Brookes foram para a Itália. Um tanto precipitado?... Se o pior acontecer – esperemos que não – eles alugarão um aeroplano, foi o que disseram.... O que me divertiu foi o velho Streatfield tateando a algibeira. Gosto que um homem seja espontâneo e não esteja sempre postado num pedestal... Depois aquelas vozes vindo dos arbustos.... Oráculos? Está se referindo aos gregos? Não eram os oráculos, sem querer ser irreverente, uma antecipação de nossa própria religião? O que é o quê?... Solas de crepe? Isso é tão sensato... Elas duram muito mais e protegem os pés.... Mas eu estava dizendo: consegue a fé cristã se adaptar?... Em tempos como estes... Em Larting ninguém frequenta a igreja... Há os cães, há as fitas.... É estranho que a ciência, assim me dizem, esteja tornando as coisas (por assim dizer) mais espirituais... A ideia mais recente, assim me disseram, é que nada é sólido... Dali se pode ter uma vista da igreja por entre as árvores....

"Sr. Umphelby! Que prazer em vê-lo! Venha jantar... Não, é uma pena, mas estamos voltando para a cidade. O Parlamento está reunido... Estava dizendo a eles, os Brookes foram para a Itália. Eles viram o vulcão. Mais impressionante, dizem eles − tiveram sorte − quando em erupção. Concordo − as coisas no continente parecem piores do que nunca. E de que adianta o canal, pensando bem, se eles pretendem nos invadir? Não me agrada dizer, mas os aeroplanos fizeram a gente pensar.... Não, achei tudo muito desconjuntado. Peguem o idiota, por exemplo. Ela queria se referir, por assim dizer, a algo oculto, o inconsciente, como o chamam? Mas por que sempre insistir no sexo.... É verdade, em certo sentido todos somos, admito, ainda selvagens. Aquelas mulheres de unhas vermelhas. E o exagero nas roupas − o que é isso? O velho selvagem, suponho.... É o sino. Blim-blém. Blim... Está mais para um sino velho e rachado... E os espelhos! Refletindo-nos... É o que qualifiquei como cruel. Faz-se figura de um grande tolo, flagrado a descoberto... Ali vai o sr. Streatfield, indo, suponho, oficiar o serviço vespertino. Ele terá que se apressar, do contrário não terá tempo para mudar de roupa.... Ele disse que ela pensava que todos nós representamos. Sim, mas a peça de quem? Ah, eis aí a questão! E se somos dei-xados à deriva fazendo perguntas, ela não seria, como peça, um fracasso? Devo dizer que, se vou ao teatro, gosto de me sentir segura de que captei o significado... Ou seria isso, talvez, o que ela tinha em mente?... Blim-blém. Blim... que se não tirarmos conclusões precipitadas, se você pensa, e eu penso, talvez um dia, pensando diferentemente, chegaremos a pensar o mesmo?

"Ali vai o bom e velho sr. Carfax... Podemos dar-lhe uma carona, se é que o senhor não se importa de ficar meio imprensado? Estávamos fazendo perguntas, sr. Carfax, sobre a peça. Agora quanto aos espelhos – queriam eles dizer que o reflexo é o sonho; e a música – seria Bach, Handel, ou ninguém em particular – a verdade? Ou seria ao contrário?

"Valha-me Deus, que confusão! Ninguém parece distinguir um carro do outro. É por isso que tenho uma mascote, um macaco... Mas não consigo vê-lo... Enquanto esperamos, diga-me, o senhor percebeu quando a chuva caía, que alguém chorava por todos nós? Há um poema, que começa assim, Lágrimas, lágrimas, lágrimas. E continua Oh, então o mar aberto... mas não consigo lembrar o resto.

"Então quando o sr. Streatfield disse: Um único espírito anima o todo – os aeroplanos provocaram uma interrupção. Isso é o pior das representações ao ar livre.... A menos, claro, que fosse justo isso que ela tivesse em mente... Valha-me Deus, a organização do estacionamento não é o que se pode chamar de adequada... Eu tampouco esperava tantos carros hispano-suíços... Aquele é um Rolls-Royce... Aquele é um Bentley... Aquele é o novo modelo da Ford.... Para voltar ao significado – Seriam as máquinas o mal ou é o que elas fazem que introduz uma discórdia... Blim-blém.... por meio do qual chegamos ao fim... Blim-blém.... Aqui está o carro com o macaco... Entre... E adeus, sra. Parker... Ligue-nos. Da próxima vez que viermos aqui, não esqueça... Da próxima vez... Da próxima vez..."

O gramofone gorgolejou Unidade – Dispersão. Gorgolejou Un... dis... E parou.

O pequeno grupo que se reunira para o almoço foi deixado de pé no terraço. Os peregrinos tinham esculpido uma trilha na grama. Além disso, o gramado precisava de uma boa arrumação. Amanhã o telefone iria tocar: "Por acaso deixei a minha bolsa aí?... Um par de óculos num estojo de couro vermelho?... Um brochezinho velho sem nenhum valor para mais ninguém a não ser para mim?" Amanhã o telefone iria tocar.

Agora o sr. Oliver disse: "Minha cara senhora", e, pegando a mão enluvada da sra. Manresa na sua, apertou-a, como que para dizer: "A senhora me deu o que agora me tira." Ele teria gostado de segurar por um instante mais as esmeraldas e os rubis escavados, assim diziam, pelo franzino Ralph Manresa em seus dias de maltrapilho. Mas, que pena, a luz do sol poente não era nada favorável à sua maquiagem; chapada era como parecia, e não profundamente impregnada. E ele lhe soltou a mão; e ela lhe deu uma marota e maliciosa piscadela como que para dizer – mas o final da frase foi truncado. Pois ela se virou, e Giles foi em frente; e a leve brisa que o meteorologista previra fez ondular a sua saia; e ela se foi, como uma Deusa, leve, abundante, com cativas em correntes de flores no seu encalço.

Todos estavam saindo, indo embora e se dispersando; e ele foi deixado para trás com as cinzas gélidas e sem nenhum brilho, sem nenhum brilho na lenha. Que palavra expressava a lassitude em seu coração, a hemorragia em suas veias, enquanto a retirante Manresa, com Giles como companhia, admirável mulher, toda sensação, rasgava a boneca de pano e deixava a serragem escorrer do coração dele?

O velho emitiu um som gutural e virou-se para a direita. Mancando, coxeando, ele foi em frente, uma vez que a dança acabara. Ele vagava sozinho pelo meio das árvores. Fora aqui, mais cedo, nesta manhã, que ele destruíra o mundo do garotinho. Ele saltara com seu jornal; a criança se pusera a chorar.

Mais embaixo no pequeno vale, passando o lago de ninfeias, os atores tiravam as vestes. Ele podia vê-los por entre as sarças. Em vestidos e calças; desenganchando-se; abotoando-se; de gatinhas; enfiando as roupas em maletas baratas; com as espadas de prata, as barbas e as esmeraldas sobre a grama. A srta. La Trobe de casaco e saia — curta demais, pois suas pernas eram robustas — se debatia com as ondulações de uma crinolina. Ele devia respeitar as convenções. Assim, ele parou à beira do lago. A água por sobre a lama estava opaca.

Então, vindo por detrás, "Não deveríamos agradecer a ela?", perguntou-lhe Lucy. Ela lhe deu uma batidinha no braço.

O quanto a religião dela lhe prejudicara o discernimento! As emanações daquele incenso obscureciam o coração humano. Flutuando na superfície, ela ignorava a batalha na lama do fundo. Depois que a La Trobe fora torturada pela interpretação do pastor, pelos maus-tratos e pelas mutilações dos atores... "Ela não quer nossos agradecimentos, Lucy", disse ele asperamente. O que ela queria, como aquela carpa (alguma coisa se mexia na água) era a escuridão da lama; uísque com soda no pub; e palavras grosseiras descendo como larvas pelas águas.

"Agradeça aos atores, não à autora", disse ele. "Ou a nós mesmos, a plateia."

Ele olhou por cima dos ombros. A velha senhora, a nativa, a pré-histórica, estava sendo levada numa cadeira de rodas por um criado. Ele passou com ela por baixo da abóbada. Agora o gramado estava vazio. O perfil do telhado, as chaminés aprumadas, se erguiam rijas e rubras contra o azul do fim de tarde. A casa emergia; a casa que fora suprimida. Ele estava terrivelmente feliz que tivesse acabado — o alvoroço e a correria, o ruge e a ourivesaria. Ele se inclinou e apanhou uma peônia que perdera as pétalas. A solitude voltara. E a razão e o jornal à luz do abajur.... Mas onde estava o seu cão? Acorrentado num canil? As veinhas das têmporas incharam de raiva. Ele assobiou. E ali, solto por Candish, correndo pelo gramado com um floco de espuma nas narinas, vinha o seu cão.

Lucy ainda contemplava o lago de ninfeias. "Todos desaparecidos", murmurou ela, "sob as folhas." Amedrontados pelas sombras que passavam, os peixes tinham se retirado. Ela contemplava a água. E perfunctoriamente acariciava o crucifixo. Mas seus olhos iam em busca da água, procurando pelos peixes. As ninfeias se fechavam; a ninfeia vermelha, a ninfeia branca, cada uma em sua lâmina de folha. Em cima o ar corria; embaixo havia água. Ela ficava entre as duas fluências, acariciando sua cruz. A fé exigia horas e horas de joelho de manhã cedinho. Com frequência o deleite do olho errante a seduzia – um raio de sol, uma sombra. Agora a folha denteada do canto sugeria, por seus contornos, a Europa. Havia outras folhas. Ela deixou seu olhar percorrer a superfície, chamando as folhas de Índia, África, América. Ilhas de segurança, espessas e lustrosas.

"Bart..." Ela se dirigiu a ele. Queria perguntar-lhe algo sobre a libélula – não poderia o fio azul vir abaixo, se o rompêssemos aqui, depois ali? Mas ele tinha entrado em casa.

Então algo se mexeu na água; o seu favorito dentre os peixes com cauda de leque. O dourado vinha atrás. Então ela teve um vislumbre do prateado – a grande carpa, ela mesma, que muito raramente vinha à superfície. Eles deslizavam, entrando e saindo dos caules, prateados; cor-de-rosa; dourados; salpicados; raiados; sarapintados.

"Nós mesmos", murmurou ela. E recobrando algum débil lampejo de fé das águas cinzentas, ela, esperançosamente, sem grande ajuda da razão, seguia os peixes; o mosqueado, o raiado e o manchado; vendo, naquela visão, a beleza, o vigor e a glória em nós mesmos.

Os peixes tinham fé, raciocinava ela. Eles confiam em nós porque nunca os capturamos. Mas o irmão replicaria: "É a avidez." "A beleza deles!", protestaria ela. "O sexo", diria ele. "Quem torna o sexo suscetível à beleza?", argumentaria ela. Ele daria de ombros – quem? Por quê? Silenciada, ela voltaria à sua visão pessoal; da beleza que é bondade; do mar no qual flutuamos. Em geral, impermeáveis, mas, sem dúvida, todo barco às vezes vaza, não?

Ele carregaria a tocha da razão até ela se apagar na escuridão da caverna. Quanto a ela, toda manhã, ajoelhando-se, ela protegia sua visão. Toda noite, abria a janela e olhava para as folhas contra o céu. Então dormia. Então as fitas fortuitas das vozes dos pássaros a despertavam.

Os peixes tinham vindo à superfície. Ela não tinha nada para lhes dar – nem uma migalha de pão. "Esperem, meus queridinhos", disse-lhes ela. Iria correndo até a casa e pediria um biscoito à sra. Sands. Então uma sombra desceu. Eles chisparam. Que chato! Quem era? Valha-me Deus, o jovem cujo nome ela esquecera; não era Jones; nem Hodge...

Dodge deixara a sra. Manresa abruptamente. Ele procurara a sra. Swithin por todo o jardim. Agora ele a encontrara; e ela esquecera seu nome.

"Sou William", disse ele. Com isso, ela se reanimou, tal como uma garota de branco num jardim, entre as rosas, que veio correndo para encontrá-lo – um papel não encenado.

"Estava indo pegar um biscoito – não, indo agradecer os atores", hesitava ela, virginal, enrubescendo. Então se lembrou do irmão. "Meu irmão", acrescentou, "diz que não se deve agradecer a autora, a srta. La Trobe."

Era sempre "meu irmão... meu irmão" que ressurgia das profundezas do seu querido lago de ninfeias.

Quanto aos atores, Hammond tinha tirado as suíças e agora estava abotoando o colete. Assim que a corrente do relógio foi introduzida entre os botões ele foi embora.

Apenas a srta. La Trobe continuava ali, inclinada sobre alguma coisa no gramado.

"A peça acabou", disse ele. "Os atores foram embora."

"E não precisamos, diz meu irmão, agradecer a autora", repetiu a sra. Swithin, olhando na direção da srta. La Trobe.

"Assim, agradeço à senhora", ele disse. Ele lhe tomou a mão, apertando-a. Juntando uma coisa com a outra, era improvável que eles algum dia voltassem a se encontrar.

Os sinos da igreja sempre paravam, nos deixando com a pergunta: Não haverá outra badalada? Isa, a meio caminho de

· 143 ·

sua passagem pelo gramado, estava à escuta.... Blim, blém, blim...
A congregação estava reunida, de joelhos, na igreja. O ofício
estava começando. A peça terminara; as andorinhas roçavam a
grama que servira de palco.

Ali estava Dodge, o leitor labial, seu consorte, seu comparsa, em busca, como ela, de rostos encobertos. Ele se apressava
para poder se juntar à sra. Manresa que tinha ido na frente com
Giles – "o pai de meus filhos", murmurou ela. A carne, o quente,
o enervado, ora iluminado, ora escuro como o túmulo, corpo
físico, jorrava em cima dela. À guisa de cura da ferrugenta pús-
tula da flecha envenenada ela foi em busca do rosto que estivera
buscando o dia todo. Mostrando-se e espreitando, por entre as
costas, por sobre os ombros, ela buscara o homem de cinza. Ele
lhe oferecera uma xícara de chá numa partida de tênis; passara-lhe,
uma vez, uma raquete. Isso era tudo. Mas, lamentava-se, se
tivéssemos nos encontrado antes de o salmão saltar como um
lingote de prata... se tivéssemos nos encontrado, queixava-se ela.
E quando seu menininho chegou disputando caminho por entre
os corpos no Celeiro "Se tivesse sido filho dele", murmurara
ela... Ao passar, ela desfolhou a folhagem amarga que crescia,
por uma ironia do destino, do lado de fora da janela do quarto
das crianças. A barba-de-velho. Rasgando os farrapos em vez das
palavras, pois nenhuma palavra cresce ali, nem rosas, ela passou
correndo por seu consorte, seu comparsa, o caçador de rostos
desvanecidos "como Vênus", refletia ele, fazendo uma tradução
tosca, "à sua presa...", e foi atrás.

Virando a esquina, ali estava Giles preso à sra. Manresa.
Ela estava de pé à porta do carro dela. Giles tinha o pé na beira
do estribo. Percebiam eles as flechas prestes a atingi-los?

"Suba, Bill", disse a sra. Manresa em tom de brincadeira.
E as rodas chisparam no cascalho, e o carro se foi.

Por fim, a srta. La Trobe pôde se erguer de sua posição
inclinada. Ela tinha sido prolongada para não chamar a atenção.
Os sinos tinham cessado; a plateia tinha ido embora; os atores

também. Ela podia endireitar as costas. Podia abrir os braços. Podia dizer para o mundo: Vocês receberam minha dádiva! A glória apoderou-se dela – por um instante. Mas o que dera ela? Uma nuvem que se fundiu com as outras nuvens no horizonte. Era no dar que o triunfo residia. E o triunfo se desvanecera. Sua dádiva não significava nada. Se eles tivessem entendido o que ela queria dizer; se tivessem compreendido seus respectivos papéis; se as pérolas tivessem sido reais e os fundos ilimitados – teria sido uma dádiva melhor. Agora ela se fora para se juntar às outras.

"Um fracasso", lamentou-se ela, e curvou-se para guardar os discos.

Então, de repente, os estorninhos atacaram a árvore atrás da qual ela se escondera. Num único bando eles a golpeavam como igual número de pedras aladas. A árvore inteira vibrava com o zumbido que eles faziam, como se cada passarinho tangesse uma corda. Um zumbido, um zunido, um zum-zum se elevava da árvore que zunia, que vibrava, que enegrecia de tanto passarinho. A árvore virava uma rapsódia, uma tremulante cacofonia, um zumbido e um vibrante arrebatamento, com os ramos, as folhas, os passarinhos silabando discordantemente a vida, a vida, a vida, sem medida, sem pausa, devorando a árvore. Então para o alto! Então para longe!

O que provocou a interrupção? Foi a velha sra. Chalmers, arrastando-se pela grama com um maço de flores – cravos, aparentemente – para pôr no vaso em cima da sepultura do marido. No inverno, era azevinho ou hera. No verão, uma flor. Foi ela que espantou os estorninhos. Agora ela se fora.

A srta. La Trobe pôs em cima do ombro, após tê-la fechado, a pesada caixa dos discos do gramofone. Ela atravessou o terraço e parou junto à árvore em que os estorninhos tinham se reunido. Era aqui que ela provara o triunfo, a humilhação, o êxtase, o desespero – por nada. Os saltos de seus sapatos tinham cavado um buraco na grama.

Escurecia. Como não havia nenhuma nuvem para perturbar o céu, o azul era mais azul, o verde mais verde. Não havia mais uma vista – nenhum Hogben's Folly, nenhum pináculo da Igreja de Bolney. Era a terra simplesmente, nenhuma terra em particular. Ela pôs a caixa no chão e ficou ali apreciando a terra. Então alguma coisa veio à superfície.

"Eu deveria agrupá-los aqui", murmurou ela, "aqui." Seria meia-noite; haveria dois vultos, meio escondidos por uma rocha. A cortina subiria. Quais seriam as primeiras palavras? As palavras lhe escapavam.

De novo, ela pôs a pesada maleta em cima do ombro. Ela atravessou o gramado a passos largos. A casa dormia; um fio de fumaça se adensava contra as árvores. Era estranho que a terra, com todas aquelas flores incandescentes – os lírios, as rosas e os tufos de flores brancas e os arbustos de verde ardente – ainda estivesse dura. Parecia que da terra se erguiam águas verdes que a cobriam. Ela abriu caminho para ir embora daquela praia e, erguendo a mão, tateou em busca do ferrolho do portão de ferro da entrada.

Ela largaria a maleta junto à janela da cozinha e então subiria até a Pousada. Depois da briga que tivera com a atriz com quem ela partilhara a cama e a bolsa, a necessidade de bebida tinha aumentado. E o horror e o terror de ficar sozinha. Um dia desses violaria – qual das leis do vilarejo? A sobriedade? A castidade? Ou se apoderaria de alguma coisa que, de fato, não lhe pertencia?

Na esquina ela se deparou com a velha sra. Chalmers que voltava da sepultura. A velha senhora baixou os olhos na direção das flores murchas que estava carregando, evitando-a. As mulheres das cabanas com gerânios vermelhos sempre faziam isso. Ela era uma pária. A natureza a isolara, de alguma forma, de sua espécie. Contudo ela rabiscara na margem de seu manuscrito: "Sou escrava da minha plateia."

Ela empurrou a maleta contra a janela da área de serviço da cozinha e foi em frente até enxergar a cortina vermelha na janela do bar. Ali haveria abrigo; vozes; olvido. Ela girou o trinco da porta do pub. O odor amargo da cerveja rançosa a acolheu; e as vozes conversando. Elas pararam. Eles estiveram falando sobre a Mandona, que era como a chamavam – não tinha importância. Ela se sentou e viu por entre a fumaça uma rude pintura em vidro de uma vaca no estábulo; e também de um galo e uma galinha. Ela levou o copo aos lábios. E bebeu. E ficou à escuta. Palavras de uma sílaba só caíam na lama. Ela cochilou; ela cabeceou. A lama tornou-se fértil. As palavras se erguiam acima dos bois intoleravelmente carregados e mudos que se arrastavam pela lama. Palavras sem significado – palavras maravilhosas.

O relógio barato fazia tique-taque; a fumaça obscurecia as pinturas. A fumaça tornava-se acre no céu de sua boca. A fumaça obscurecia as jaquetas cor de terra. Ela não os via mais, embora eles a encorajassem, ali sentada com as mãos na cintura e o copo à sua frente. Ali estava, à meia noite, o terreno elevado; ali a rocha; e os dois vultos mal e mal discerníveis. De repente a árvore fora atacada pelos estorninhos. Ela largou o copo. Ela ouviu as primeiras palavras.

Lá embaixo no vale, em Pointz Hall, sob as árvores, a mesa estava sendo tirada na sala de jantar. Candish, com sua escova curva, tirara as migalhas; juntara as pétalas e, por fim, deixara a família à vontade para a sobremesa. A peça terminara; os estranhos tinham ido embora, e, agora estavam sozinhos – a família.

A peça ainda pendia do céu da mente – desaparecendo, diminuindo, mas ainda lá. Mergulhando sua framboesa no açúcar, a sra. Swithin analisava. Dizia ela, enfiando o bago na boca, "A que se referia?" e acrescentou: "Aos camponeses; aos reis; ao idiota e" (engolindo) "nós mesmos?"

Todos eles analisaram a peça; Isa, Giles e o sr. Oliver. Cada um disse, naturalmente, algo diferente. Dali a pouco, ela estaria abaixo da linha do horizonte, desaparecendo e juntando-se às outras peças. O sr. Oliver, segurando o charuto, disse: "Ambiciosa demais." E, acendendo o charuto, acrescentou: "Considerando os seus meios."

Ela estava sendo levada a juntar-se às outras nuvens: tornando-se invisível. Através da fumaça Isa via não a peça mas a plateia se dispersando. Alguns, de carro; outros, de bicicleta. Um portão se abriu. Um carro saiu chispando da entrada da casa em direção à vila vermelha nos trigais. As folhas dos ramos baixos da acácia roçavam o teto. Coberto de pétalas de acácia o carro chegou.

"Os espelhos e as vozes nos arbustos", murmurou ela. "O que ela queria dizer?"

"Quando o sr. Streatfield pediu-lhe para explicar, ela não explicou", disse a sra. Swithin.

Neste momento, com a casca dividida em quatro, expondo um cone branco, Giles ofereceu à sua mulher uma banana. Ela recusou. Ele apagou o palito de fósforo no prato. Com um leve chiado a chama se extinguiu no suco de framboesa.

"Devíamos agradecer", disse a sra. Swithin, dobrando o guardanapo, "pelo tempo, que estava perfeito, exceto por um aguaceiro."

Neste momento ela se levantou. Isa a seguiu, passando pela entrada da casa e chegando ao salão.

Eles só puxavam as cortinas quando ficava muito escuro para ver e só fechavam as janelas quando estava muito frio. Por que não deixar o dia entrar antes que acabasse? As flores ainda estavam brilhantes; os passarinhos chilreavam. Podia-se ver mais no fim da tarde quando não havia nada para perturbar, quando não havia peixe para encomendar, nem telefone para atender. A sra. Swithin parou ao lado do grande quadro de Veneza – escola de Canaletto. Possivelmente no toldo da gôndola havia um pequeno vulto – uma mulher, coberta por um véu; ou um homem?

Isa, pegando seu tricô de cima da mesa, afundou-se, os joelhos dobrados, na poltrona junto à janela. De dentro da concha da sala ela contemplava a noite de verão. Lucy voltara de sua viagem à pintura e se mantinha em silêncio. O sol estampava um brilho vermelho nas lentes de seus óculos. O prateado reluzia em seu xale negro. Por um instante ela pareceu uma trágica figura de uma outra peça.

Então ela falou em sua voz habitual. "Coletamos mais este ano que no ano passado, ele disse. Mas, por outro lado, no ano passado choveu."

"Este ano, o ano passado, o próximo ano, nunca..." Murmurava Isa. A mão ardia ao sol no peitoril da janela. A sra. Swithin pegou o tricô de cima da mesa.

"Você entendeu", perguntou ela, "o que ele disse: que representamos papéis diferentes mas somos o mesmo?"

"Sim", respondeu Isa. "Não", acrescentou. Era Sim, Não. Sim, sim, sim, a maré irrompia invadindo. Não, não, não, ela se retraía. A bota velha aparecia no meio do cascalho.

"Fiapos, refugos e fragmentos", disse ela, citando o que lembrava da peça que se fora.

Lucy acabara de abrir os lábios para replicar, e carinhosamente pusera a mão no crucifixo, quando os cavalheiros entraram. Ela emitiu seu gorjeante sonzinho de acolhimento. Ela mudou os pés de lugar para dar espaço. Mas, na verdade, havia mais espaço do que o necessário, e poltronas amplas e abobadadas.

Eles se sentaram, enobrecidos ambos pelo sol poente. Ambos tinham se trocado. Giles vestia agora o casaco preto e a gravata branca das classes profissionais, que exigiam – Isa olhou para os pés dele – escarpins de couro patenteados. "Nosso representante, nosso porta-voz", zombou ela. Contudo ele era extraordinariamente bonito. "O pai de meus filhos, o qual amo e odeio." O amor e o ódio – como eles a dilaceram! Certamente era tempo de alguém inventar uma nova trama ou de a autora sair de trás dos arbustos...

Neste momento, Candish entrou. Ele trazia a segunda entrega postal do dia numa salva de prata. Havia cartas; contas; e o jornal da manhã – o jornal que anulava o dia anterior. Como um peixe subindo para pegar uma migalha de biscoito, Bartholomew arrebatou o jornal. Giles rasgou a aba de um envelope aparentemente comercial. Lucy leu uma carta cruzada de uma velha amiga em Scarborough. Isa tinha apenas contas.

Os sons usuais reverberavam por toda a concha; Sands fazendo o fogo; Candish atiçando a caldeira. Isa encerrara a questão de suas contas. Sentada na concha da sala ela via o *pageant* desfalecer. As flores brilhavam antes de murcharem. Ela as viu brilharem.

O jornal estalou. O de segunda mão ia em frente aos pulos. Monsieur Daladier fixara o franco. A garota fora se divertir com os soldados. Ela gritara. Ela batera nele.... E daí?

Quando Isa olhou para as flores novamente, as flores tinham murchado.

Bartholomew acendeu o abajur. O círculo dos leitores, presos a papéis brancos, iluminou-se. Ali, naquele vale torrado pelo sol, reuniam-se o gafanhoto, o besouro e a formiga, rolando pelotas torradas pelo sol pelo meio do resplandecente restolho. Naquele róseo canto do campo torrado pelo sol Bartholomew, Giles e Lucy poliam e mordiscavam e partiam migalhas. Isa observava-os.

Então o jornal caiu.

"Terminou?", disse Giles, tomando-o do pai.

O velho desfez-se do jornal. Ele se refastelou. A mão que acariciava o cachorro formava ondinhas de pregas de pele na direção da coleira.

O relógio fazia tique-taque. A casa dava estalidos como se estivesse muito seca, muito frágil. A mão de Isa na janela de repente sentiu-se fria. A sombra apagara o jardim. As rosas tinham se recolhido para a noite.

Dobrando sua carta, a sra. Swithin sussurrou para Isa: "Dei uma olhada e vi os bebês dormindo profundamente debaixo das rosas de papel."

"Sobras da Coroação", murmurou Bartholomew, meio adormecido.

"Mas não precisávamos ter tido todo aquele trabalho com as decorações", acrescentou Lucy, "porque não choveu este ano."

"Este ano, o ano passado, o próximo ano, nunca", murmurou Isa.

"Latoeiro, alfaiate, soldado, marinheiro", ecoou Bartholomew. Ele falava dormindo.

Lucy enfiou a carta no envelope. Agora era hora de ler seu Esboço da História. Mas ela perdera a marcação. Ela virou as páginas olhando as imagens – mamutes, mastodontes, pássaros pré-históricos. Então encontrou a página em que havia parado.

A escuridão aumentava. A brisa soprava pela sala. Com um leve calafrio a sra. Swithin ajeitou seu xale de lantejoulas em volta dos ombros. Ela estava demasiadamente mergulhada na história para pedir que fechassem a janela. "A Inglaterra", leu ela, "era então um brejo. Densas florestas cobriam a terra. No topo de seus emaranhados ramos os pássaros cantavam..."

O grande quadrado da janela aberta agora mostrava só o céu. Ele estava esvaziado de luz, severo, frio como pedra. Sombras baixavam. Sombras rastejavam pela testa alta de Bartholomew; por seu enorme nariz. Ele parecia desfolhado, espectral, e sua poltrona monumental. Tal como tremula a pele de um cão, assim tremulava a sua. Ele se levantou, se sacudiu, olhou furioso para nada e saiu pomposamente da sala. Eles ouviam as patas do cão pisando o tapete com passos surdos.

Lucy virou a página, rápida, culposamente, como uma criança que tivesse sido mandada para a cama antes do fim do capítulo.

"O homem pré-histórico", leu ela, "meio homem, meio macaco, despertou de sua posição semi-inclinada e ergueu grandes pedras."

Ela enfiou a carta de Scarborough entre as páginas para marcar o fim do capítulo, ergueu-se, sorriu e saiu silenciosamente da sala na ponta dos pés.

Os velhos tinham subido para se deitar. Giles amarrotou o jornal e apagou a luz. Deixados a só pela primeira vez naquele dia, eles estavam calados. A sós, a inimizade se revelava; o amor também. Antes de dormir, deviam brigar; depois de brigar, se

· 151 ·

abraçariam. Daquele abraço outra vida podia nascer. Mas antes deviam brigar, tal como a raposa-macho briga com a raposa-fêmea, no coração das trevas, nos campos da noite.

Isa deixou sua costura cair. As grandes poltronas abobadadas tinham ficado enormes. E Giles também. E Isa também, contra a janela. A janela era toda ela céu sem cor. A casa perdera seu abrigo. Era uma noite antes de as estradas serem construídas, ou as casas. Era a noite que os habitantes das cavernas contemplaram de algum lugar alto no meio dos rochedos.

Então a cortina subiu. Eles falaram.

Entre os atos: a última página

Tomaz Tadeu

Entre os atos centra-se na preparação e na encenação de um *pageant* num lugarejo da Inglaterra durante as vinte e quatro horas que se estendem do início da noite de um dia indefinido de junho de 1939 até o início da noite do dia seguinte. O livro se divide em seções ou episódios sem títulos que são separados apenas por um espaço maior entre os parágrafos.

1938 foi um ano agitado para Virginia Woolf. Em 9 de janeiro, ela põe um ponto final na escrita de *Três guinéus* (Autêntica, 2019). No primeiro dia de abril, começa a escrita, custosa e sofrida, de *Roger Fry: uma biografia*. No dia 12, registra no diário a ideia de um novo livro, ainda sem título: "Na última noite comecei de novo a inventar: noite de verão: um todo inteiro: esta é a minha ideia". Mas, na verdade, a escrita de *Entre os atos*, então com título provisório (Pointz Hall, com grafia variável), começara já no dia 2 de abril, como atestam os trechos dos rascunhos registrados por Mitchell A. Leaska (1983).

O entusiasmo pelo novo livro começa a colidir, entretanto, com a "obrigação", que a escritora impusera a si mesma, de escrever a biografia do amigo falecido: "O problema é que fico tão absorvida com este fantástico Pointz Hall que não consigo me dedicar a Roger" (*Diário*, 29 de abril). É um conflito que só vai terminar com a publicação de *Roger Fry: uma biografia*, em 25 de julho de 1940. Embora nessa altura ela já esteja bastante adiantada na escrita de *Entre os atos*, não deixa de ser um alívio: "Agora posso escrever o tempo todo para me divertir" (*Diário*, v. V, p. 305).

· 153 ·

Os últimos anos de sua vida, embora atormentados por problemas de saúde e pelos primeiros bombardeios aéreos do avanço hitlerista, foram extremamente produtivos. Em 2 de junho de 1938 é publicado *Três guinéus*; um pouco antes, em maio, a revista americana *The Atlantic Monthly*, publicara, em duas partes, o ensaio "As mulheres devem chorar... Ou se unir contra a guerra" (Autêntica, 2019), uma espécie de versão resumida de *Três guinéus*. Em abril de 1939, começa a escrever o ensaio "A Sketch of the Past", um registro de suas memórias, publicado postumamente na coletânea *Moments of Being*. Em 12 de setembro, ela anota no diário a ideia que tivera de um "livro sobre a História Comum", que resultou, nos meses seguintes, no rascunho de dois ensaios sobre a gênese da literatura inglesa, "Anon" e "The Reader" (publicados, em 1979, sob a coordenação de Brenda R. Silver, na revista *Twentieth-Century Literature*).

Em meio a uma intensa atividade literária e às ameaças e aos bombardeios que antecedem a Segunda Guerra Mundial, Virginia ainda encontra tempo e energia para a escrita de *Entre os atos*. Em geral, suas manifestações sobre o desenvolvimento do livro são extremamente positivas e otimistas. Em 19 de dezembro de 1938, ela anota no diário: "Já escrevi 120 páginas de Pointz Hall. Penso em fazer um livro de 220 páginas. Uma miscelânea. Corro para ele como um alívio após a forte pressão por fatos de Fry". E em 28 de fevereiro de 1939, ainda às voltas com a escrita de *Roger Fry: uma biografia*, ela anota: "Uma folga de Roger. E um dia de felicidade com P. H.".

Em 26 de fevereiro de 1941, ela registra no diário: "Terminei Pointz Hall, o Pageant: a Peça – finalmente, Entre os atos, esta manhã". Em 20 de março de 1941, numa carta endereçada a John Lehmann, então gerente da Hogarth Press, a editora do casal Woolf, ela escreve: "Acabo de reler meu assim chamado romance; e realmente acho que não funciona. É muito superficial e esquemático. Leonard não concorda. Assim, decidimos pedir-lhe, se não se importa, que o leia e dê o seu voto. Nesse meio tempo, não tome nenhuma iniciativa. Lamento incomodá-lo, mas sinto, sinceramente, que seria um equívoco, sob todos os pontos de vista, publicá-lo. Mas como nós dois divergimos a esse respeito, sua opinião será de grande ajuda".

Em 28 de março, Virginia suicida-se, por afogamento, no rio Ouse, próximo da Monk's House, a casa do casal Woolf, situada no condado de Sussex.

Apesar da opinião contrária de Virginia, manifestada na citada carta a John Lehmann, e do fato de o livro não ter passado por sua revisão final, ele é publicado, seguindo a decisão de Leonard Woolf, pela Hogarth Press, em 17 de julho de 1941.

O texto é precedido por uma nota de Leonard, no frontispício, justificando a decisão de publicá-lo apesar do último desejo, em contrário, de Virginia: "O manuscrito deste livro fora concluído mas não tinha passado pela revisão final para impressão na data da morte de Virginia Woolf. Ela não teria feito, acredito eu, quaisquer alterações importantes ou relevantes, embora provavelmente pudesse ter feito algumas correções ou revisões menores antes de entregar as provas finais."

Dado o caráter provisório do manuscrito de Virginia, Leonard tomou algumas decisões editoriais supostamente superficiais. Algumas delas como, por exemplo, a decisão de grafar em itálico o texto da peça da srta. La Trobe, não eram, na verdade, tão superficiais como ele anunciava. A decisão de Leonard foi, mais adiante, abertamente reprovada por Mitchell A. Leaska (responsável pela edição dos manuscritos de *Between the Acts: Pointz Hall, The Earlier and Later Typescripts of Between the Acts*, New York University, 1983), que, em 1977, publicou o livro *The novels of Virginia Woolf: from beginning to end* (Nova York, John Jay Press), sem incluir *Between the Acts*. Seu prefácio termina com uma afirmação categórica: "Do ponto de vista de um crítico, *The novels of Virginia Woolf: from beginning to end* deve corretamente começar com *Voyage Out* e eticamente terminar com *The Years*".

A presente tradução segue a edição da editora Cambridge (Virginia Woolf, *Between the Acts*, The Cambridge Editions of the Works of Virginia Woolf, 2011).

Cronologia do *pageant* de *Entre os atos*

Ato I

Idade média

Início: p. 55: "então a peça começou".

Fim: p. 59: "era o que cantavam, pegando e juntando o feno invisível".

Ato II

Era elisabetana

Início: p. 60: "De trás dos arbustos surgiu a Rainha Elizabeth...".

Fim: p. 68: "Sua voz se apagava. Ninguém estava escutando".

Intervalo

Início: p. 68: "o megafone anunciou em linguagem rasa: 'Um intervalo'".

Fim: p. 84: "A plateia se reunia. A música chamava".

Ato III

· *Era da Restauração*

Início: p. 86: "E o gramofone começou A.B.C., A.B.C.".

Fim: p. 98: "As palavras se extinguiam [...]".

Ato IV

Era vitoriana

Início: p. 111: "Então baixou a mão. Uma pomposa marcha irrompeu".

Fim: p. 120: "Por mais humilde que seja, não há nada como o Lar".

Ato V

Era atual

Início: p. 127: "Lá vinham eles, dos arbustos – a arraia-miúda".

Fim: p. 129: "'A peça acabou, presumo', resmungou o Coronel Mayhew, reavendo o chapéu".

O *pageant*: o que é isto?

A palavra *pageant* vem do latim, "*pagina*" (a folha de um livro), e tem uma longa história na língua inglesa. O significado original, segundo o dicionário Oxford, é o de "uma cena exibida num palco" em que "cena" significa um *tableau*, um quadro vivo, estático, a "folha", a "página", enfim.

No contexto da história da Grã-Bretanha, entretanto, o sentido atual, moderno, de *pageant* é o que foi estabelecido por Louis Napoleon Parker (1852-1944), que concebeu e dirigiu o primeiro desse gênero, em 1905, em Sherborne, cidade histórica do sudoeste da Inglaterra. Encenado nas ruínas do castelo de Sherborne, envolvendo oitocentos atores, ele foi assistido, ao longo de várias apresentações, por um total de mais de trinta mil pessoas (a população da cidade, nessa época, girava em torno de cinco mil habitantes).

Em onze episódios, o *pageant* de Sherborne "começava com a fundação da cidade por Santo Ealdhelm, em 705, e terminava com a visita que o cortesão e explorador elisabetano Sir Walter Raleigh fizera à cidade em 1593" (Angela Bartie *et al.*, 2016).

O *pageant* britânico moderno teve seu auge no período que antecede a Primeira Guerra Mundial, estendendo-se até os anos posteriores à Segunda Guerra e sobrevivendo até os dias atuais, como atesta livro recente de Angela Bartie e seus colaboradores (ver bibliografia sumária, abaixo).

O *pageant* moderno: breve bibliografia

Angela Bartie *et al.* The Redress of the Past: Historical Pageants in Twentieth-Century England. *International Journal of Research on History Didactics, History Education, and History Culture*, n. 37, p. 19-35, 2016.

Angela Bartie *et al.* *Historical Pageants. Local History Study Guide.* St Albans: Regents Court Press, 2020.

Angela Bartie et al. *Restaging the Past. Historical Pageants, Culture and Society in Modern Britain*. Londres: UCL Press, 2020.

Ayako Yoshino. Between the Acts and Louis Napoleon Parker – the Creator of the Modern English Pagean". *Critical Survey*, v. 15, n. 2, p. 49-60, 2003. (Aqui reproduzido, em tradução, no posfácio).

Notas

A presente tradução segue a diagramação da edição anotada da Cambridge University Press, 2011, organizada por Mark Hussey.

Tentei ser econômico nas notas, deixando de fora alusões óbvias ou facilmente encontráveis na internet. As fontes das notas são muitas e variadas: desde pesquisas na internet até edições anotadas de *Between the Acts*. Consultei, principalmente, as edições da Cambridge University (2011), da Shakespeare Head Press (2002) e a que faz parte do livro coordenado por Lawrence Rainey, *Modernism. An Anthology* (2005). Muitos "enigmas" não teriam sido desvendados sem as pistas deixadas por Virginia Woolf nos rascunhos que puderam ser recuperados e que são reproduzidos no livro *Virginia Woolf. Pointz Hall. The Earlier and Later Typescripts of Between the Acts*, organizado e anotado por Mitchel A. Leaska e publicado por University Publications, 1983.

6   **pote de chá trancado** – como o chá no século XIX era muito caro, dadas as altas taxas de importação, era costume mantê-lo trancado para evitar que fosse usado pelos criados.

Ela passeia envolta em beleza – primeiro verso do poema "She walks in beauty", do poeta inglês George Gordon, Lord Byron (1788-1824).

Assim não mais vagaremos ao olhar da lua – versos 11 e 12 do poema "We'll go no more a-roving", de Lord Byron.

7 **cadeira de três cantos** – *three-cornered chair*, no original: trata-se de uma cadeira em que o encosto, arredondado, se estende, curvado, por dois de seus lados, formando um assento em bico, como esta: https://tinyl.io/6a8x.

villa **vermelha nos trigais** – *villa*: "qualquer residência de tipo superior ou elegante, ou com alguma pretensão arquitetural, nos arredores de uma cidade ou num distrito residencial" (Dicionário Oxford).

9 **Não fique aí de boca aberta** – *Don't stand gaping*, no original: segundo o texto anotado de *Between the Acts* publicado no livro *Modernism: An Anthology* (ed. Lawrence Rainey), trata-se de uma superstição cuja conclusão seria algo como "senão o vento vai virar e deixar você de boca aberta para sempre".

12 **Daladier** – Édouard Daladier (1884-1970), Primeiro-Ministro da França em três períodos, situados entre abril de 1938 e março de 1940. Assinou, em 19 de setembro de 1938, com Hitler, Mussolini e Neville Chamberlain (na época, Primeiro-Ministro britânico), o Acordo de Munique.

13 **Croydon** – situado no sul de Londres, foi o principal aeroporto da cidade de 1920 a 1959.

Pyecombe – vilarejo situado em Sussex, Inglaterra.

14 **a aflição de uma rainha** – alusão a uma passagem do conto "The Silver Mirror", de Arthur Conan Doyle, em que um espelho antigo conserva a imagem da Rainha Mary da Escócia (1542-1567) contemplando, à força, o assassinato de Rizzio, seu criado.

o heroísmo do rei Harry – na peça *Henry V* (Ato 5, Cena 2), de Shakespeare, o rei diz à princesa Katherine para amá-lo por seu heroísmo, por suas virtudes marciais, pois ele "nunca olha para o espelho por amor de alguma coisa que ele vê ali".

15 **O charco está escuro sob a lua** – os dois primeiros versos do poema "Remorse", de Percy Byssche Shelley (1792-1822).

16 *A Rainha das Fadas* – *The Faerie Queen*, no original; poema épico de Edmund Spenser (1552-1599).

Crimeia **de Kinglake** – referência ao livro *A invasão da Crimeia*, de autoria de Alexander William Kinglake (1809-1891).

Sonata a Kreutzer – livro de autoria de Liev Tolstói (1828-1910), o escritor russo.

Eddington – Arthur Eddington (1882-1944), astrônomo.

Jeans – James Jeans (1877-1946), astrônomo.

Um cavalo de rabo verde – relato do estupro de uma garota de 14 anos por um guarda, em abril de 1938, publicado no *Times*, em edições de junho e julho de 1938.

(19) **Anteu** – na mitologia grega, um gigante, filho de Posídon e Gaia. Tornava-se invencível ao tocar a Terra, sua mãe, que lhe dava forças.

(20) **Lemprière** – John Lemprière (1765-1824), autor da *Bibliotheca classica* ou *Dicionário clássico*, uma espécie de enciclopédia sobre a história da mitologia.

(21) **que tinham sobrado da Coroação** – trata-se da coroação de George VI (1895-1952), em 12 de maio de 1937, ou seja, dois anos antes da fictícia encenação do *pageant* de *Entre os atos*. A Coroação várias vezes comentada ao longo de *Entre os atos* refere-se a alguma festividade local em torno da celebração do evento nacional.

Avoada – *Flimsy*, no original.

(24) **Os Swithins estavam ali antes da Conquista** – a invasão da Inglaterra, em 1066, por William, o Conquistador, Duque da Normandia.

Domesday Book – livro de registro de dados sobre a situação das propriedades reais em toda a Grã-Bretanha, coletados por várias equipes de pesquisadores por ordem de William I (1028-1087).

(25) **antes da Reforma** – referência à Reforma inglesa ou anglicana, pela qual, no século XVI, a Igreja da Inglaterra rompeu com a Igreja Católica Romana.

uma passagem oculta – alusão aos esconderijos, arranjados nos sótãos da casa, que davam abrigo aos padres católicos perseguidos pelos defensores da Reforma.

(29) **Somerset House** – antigo palácio real transformado, no final do século XVIII, em local de escritórios governamentais. Ao longo dos séculos seguintes esteve associado ao Registro Civil (nascimentos, casamentos e mortes).

30 **Essa era apenas refugos e fragmentos** – mais adiante, a combinação "refugos e fragmentos" é acrescida de "fiapos": "fiapos, refugos e fragmentos" (em inglês, *"orts, scraps and fragments"*). A combinação das três palavras alude ao ato 5, cena 2, linhas 181-5, de *Troilus e Cressida*, de Shakespeare.

32 **crepitante como espinhos sob uma panela** – alusão a Eclesiastes, 7:6: "Pois, qual o crepitar dos espinhos debaixo de uma panela, tal é a risada do insensato; também isto é vaidade." (Bíblia Almeida).

36 **flecha do desejo** – alusão aos versos 9 e 10 do prefácio ao poema épico "Milton", de William Blake: *"Bring me my bow of burning gold / Bring me my arrows of desire"* ("Tragam-me meu arco de ouro ardente / Tragam-me minhas flechas do desejo").

37 **Sir Joshua** – Joshua Reynolds (1723-1792), pintor inglês.

Latoeiro, motorista, leiteiro – *Tinker, tailor, soldier, sailor, apothecary, ploughboy....*, no original. A sra. Manresa recita um versinho tradicional infantil, utilizado para "predizer" a futura ocupação de quem faz a contagem das sementes ou das pedrinhas. Um pouco mais adiante, Bartholomew também recita o versinho, aparentemente chegando ao mesmo final da contagem da sra. Manresa, mas, na verdade, por sua fala ("sou um ladrão"), ele tinha mais sementes de cereja que a sra. Manresa. É apenas mais uma das elipses de Virginia: adivinhem!

39 **Guia Figgis** – aparentemente, uma invenção da autora.

O pináculo da Igreja de Bolney, as florestas de Rough Norton e, numa elevação, bem à esquerda, Hogben's Folly – esses elementos da paisagem são todos fictícios. É provável que Hogben's Folly se refira, como sugere o substantivo *"folly"* a alguma construção residencial extravagante. Uma das definições do *Oxford* para *"folly"* (substantivo) é a de "nome popular para qualquer estrutura suntuosa considerada como uma loucura da parte de quem a construiu". A frase "e, numa elevação, bem à esquerda, Hogben's Folly, assim chamado porque...." parece confirmar essa interpretação. Numa das versões dos rascunhos de *Entre os atos*, o nome próprio é "Norton" em vez de "Hogben" (Leaska, 1983, p. 74), sugerindo que a ênfase dada pela explicação "assim chamado" centra-se na segunda parte da expressão ("Folly"), e não na primeira (o nome próprio).

· 162 ·

40 **Fugir e logo esquecer...** – Isa e William Dodge recitam, ligeiramente modificados, segmentos de uma estrofe de "Ode to a Nightingale" ("Ode a um rouxinol"), de John Keats (1795-1821).

A fadiga, a tortura, e o infortúnio – No original, "*The weariness, the torture, and the fret*", transcrição, ligeiramente modificada, de propósito ou por engano, de um verso de "Ode to a Nightingale" ("Ode a um rouxinol"), de John Keats: "*The weariness, the fever, and the fret*" ("A fadiga, a febre, e o infortúnio").

41 **Reynolds! Constable! Crome!** – pintores ingleses: Joshua Reynolds (1723-1792), John Constable (1776-1837), John Crome (1768-1821).

Por que chamados de 'Velhos' – *Why called 'Old'*, no original. Entenda-se "*Old Masters*", isto é, os velhos mestres da pintura.

42 **modestamente adejando ao redor de um arbusto, como ordenhadeiras em musselina** – *unambitiously fluttering round a bush, like muslin milkmaids,* no original. Entenda-se que "musselina" refere-se aqui, provavelmente, ao tecido do avental, e não do vestido. O símile simplesmente compara a modéstia das brancas-da-couve à das criadas, no caso, uma criada encarregada da ordenha. O adjunto adverbial de lugar ("ao redor de um arbusto") faz com que a comparação soe um tanto estranha. Aparentemente, Virginia teria assinalado no rascunho que esse adjunto deveria ser suprimido na versão final, mas Leonard Woolf entendeu de forma diferente (ver a nota da edição da Cambridge de *Between the Acts*, p. 283).

43 **Ilhas do Canal** – grupo de ilhas situadas no Canal da Mancha, ao longo da costa francesa.

A agulha de Gammer Gurton – *Gammer Gurton's Needle*, no original: comédia inglesa de meados do século XVI, de autor desconhecido.

46 **Mandona** – *Bossy*, no original.

48 **É pela perseverança** – alusão a Lucas, 21:19, com mudança da segunda pessoa do plural para a primeira.

58 **Chaucer** – Geoffrey Chaucer (1340-1400), poeta inglês.

Os peregrinos de Canterbury – alusão a *The Canterbury Tales*, coleção de contos, a maioria em verso, de autoria de Geoffrey Chaucer.

Ao relicário do Santo – referência a São Thomas Becket (1128-1170), bispo católico assassinado por partidários do rei inglês Henrique II.

59 **os Plantagenetas; os Tudors; os Stuarts** – linhagens reais. Plantagenetas: 1154 (Henry II) a 1399 (Richard II). Tudors: 1486 (Henry VII) a 1603 (Elizabeth I). Stuarts: 1603 (James I) a 1714 (Anne).

60 **Rainha Elizabeth** – Rainha Elizabeth I (1558-1603).

61 **Hawkins, Frobisher, Drake** – comandantes navais e corsários da era elisabetana: John Hawkins (1552-1595); Martin Frobisher (1535-1594); Francis Drake (1540-1596).

62 **Temo que não esteja em meu perfeito juízo** – Shakespeare, *Rei Lear*, Ato 4, Cena 6.

63 **o teatro Globe** – teatro circular, ao ar livre, situado em Southwark, Londres, aberto em 1559. Shakespeare era um dos proprietários e apresentou aí várias de suas peças.

65 **cortou este nó no meio** – alusão ao nó górdio da lenda.

69 **Araucária Chilena** – *Monkey Puzzle Tree*, no original: trata-se de uma espécie de araucária (*Araucaria imbricata*). O nome em inglês alude à dificuldade que um macaco teria de galgá-la dada a abundância e a dureza das folhas que parecem sair diretamente de seu tronco.

73 **"Reefinada"** – "*Refeened*", no original. Segundo o Dicionário Oxford, sob "*refained*" (uma das outras grafias da mesma palavra), trata-se de uma pronúncia afetada de "*refined*" ("refinada"). Obviamente, como uma particularidade oral da língua inglesa de uma época específica, não tem equivalência em português.

74 **Pensei que tivessem dito Canadá** – o Rei George VI e a Rainha Elizabeth visitaram os Estados Unidos e o Canadá em maio e junho de 1939.

sobre o Duque de Windsor – isto é, o Rei Edward VIII, que reinou entre janeiro e dezembro de 1936, quando renunciou ao trono para se casar com Wallis Simpson, uma *socialite* americana.

78 **"Andorinha, minha irmã, Oh, irmã andorinha"** – primeiro verso do poema "Itylus", de Algernon Swinburne (1837-1909).

79 **o que fazia a sua mão esquerda** – a edição anotada mais recente, a da Cambridge University Press (2011), registra: "Presumivelmente, William está excitando a si próprio", o que parece pouco provável, uma vez que a cena se passa em público. A edição que faz parte do livro coordenado por Lawrence Rainey (*Modernism. An Anthology*), anteriormente citado, diz ser uma alusão ao versículo 6:3 de Mateus: "Tu, porém, ao dares a esmola, ignora a tua mão esquerda o que faz a tua mão direita" (*Bíblia Almeida*).

81 **A.B.C., A.B.C, A.B.C. – alguém praticava escalas** – as letras referem-se às notas da escala musical adotada nos países de língua inglesa, em que se utilizam as primeiras letras do alfabeto para representar as respectivas notas. Equivale, em países como o Brasil, à notação que utiliza a sequência Dó, Ré, Mi, etc. Como Virginia faz um jogo entre as notas das escalas musicais com as letras do alfabeto, optei por manter a nomenclatura britânica, assim como mantive, por motivos óbvios, a palavra que elas formam, neste caso, *cat*, gato (mais adiante, a palavra formada é *dog*, cão, que também mantive em inglês).

O Rei no tesouro – terceira estrofe da canção infantil "Sing a Song of Sixpence" ("Cante uma canção de seis pênis").

82 **a preciosa força vital dos espíritos imortais** – remete a uma frase parecida de John Milton (1608-1674) em *Areopagitica*: "Um livro é a preciosa força vital de um espírito superior".

os legisladores da humanidade – alusão a uma frase de Percy Bysshe Shelley (1792-1821) em "A defesa da poesia": "Os poetas são os legisladores não reconhecidos da humanidade".

Condenado à mina infernal da vida – alusão ao poema "Por ocasião da morte do sr. Robert Levet" da autoria de Samuel Johnson (1709-1784).

Hibbert, sobre as doenças dos cavalos – segundo a edição Cambridge de *Between the Acts*, trata-se, "possivelmente", de William Hibbert, autor de *Important Discovery: Hibbert's New Theory and Practice of Medicine, a Treatise on the Nature, Cause, Cure, and Prevention of Disease in Animals*.

83 **Psiu, psiu, os cães ladram** – versos iniciais de uma canção infantil tradicional.

· 165 ·

96 **o Duque abandonou a pobre Polly** – embora Flavinda sugira que se trata de um romance, a alusão é à peça teatral *The Beggar's Opera*, de autoria de John Gay (1685-1732).

97 **Clitemnestra** – na mitologia grega, a esposa de Agamemnon, líder dos exércitos gregos em Troia.

99 **Sandhurst** – localidade do condado inglês de Berkshire que sediou, até setembro de 1939, o Real Colégio Militar.

Pop Goes the Weasel – cantiga infantil, datada do século XVII, que possui várias versões, uma das quais é: "*Up and down the City Road, / In and out the Eagle. / That's the way the money goes, / Pop! goes the weasel.*" ("Pra cima e pra baixo na City Road, / Entrando e saindo do Eagle. / É assim que o dinheiro some, / Pop! lá ele se vai."). Como há várias e desencontradas explicações para o "*weasel*" da última estrofe, a minha tradução é arbitrária, servindo apenas para completar o versinho, justificativa que serve também para a decisão de deixar o título da cantiga em inglês. City Road é uma rua de Londres; Eagle é um pub situado, ainda hoje, nessa rua. Melba Cuddy-Keane, em nota à edição de *Between the Acts* publicada pelas editoras Harvest/Harcourt, sugere que a sra. Manresa levara seu sobrinho a alguma representação teatral de que a cantiga infantil fizesse parte ou a um filme dos Três patetas (The Three Stooges) em que ela é cantada. Ela aparece em dois curtas desses comediantes: *Purch Drunks* (1934; *Trocando as pernas*, na versão brasileira) e *Pop Goes the Weasel* (1935; *Vamos com calma*, na versão brasileira).

Gretna Green – localidade situada na Escócia, à qual, desde meados do século XVIII, jovens acorriam para selar contratos de casamento em situações "ilícitas" (consortes menores de idade ou que se casavam contra a vontade dos pais).

104 **Duquesa Real em Ascot** – em 16 de junho de 1939, por ocasião da corrida anual chamada de Royal Ascot, o Duque e a Duquesa de Gloucester representaram o Rei e a Rainha, que estavam no exterior, em visita ao Canadá e aos Estados Unidos.

106 **até o velho Gladstone** – William Ewart Gladstone (1809-1898), Primeiro-Ministro da Inglaterra em quatro períodos, entre 1868 e 1894.

108 **caravançará** – *caravanserai*, no original. Segundo o dicionário Houaiss, caravançará é "estalagem pública, no Oriente Médio, para hospedar gratuitamente as caravanas que viajam por regiões desérticas", praticamente a mesma definição dada pelo dicionário Oxford para *caravanserai*. Alguns comentaristas veem aí um erro da autora, que teria confundido o significado real com o das caravanas que aí fazem uma parada. Outros acham que Virginia sabia o significado correto da palavra, que o erro em *Entre os atos* é da personagem, Isa. Mas Virginia havia cometido o mesmo erro em *Três guinéus*; que não aparece na tradução publicada pela Autêntica porque aí traduzi "*caravanserai*" por "caravana" (p. 70).

Union Jack – a bandeira da Inglaterra.

Seven Dials – área de Londres, ao norte de Covent Garden.

velho Duque – Arthur Wellesley (1769-1852), Duque de Wellington.

Derrubei todos eles na Old Kent Road – canção de teatro de variedades, de autoria de Albert Chevalier.

Crystal Palace – pavilhão construído em 1851 para a Grande Exposição, no interior do Hyde Park.

turistas de Cook – turistas orientados pelos guias da agência de turismo Thomas Cook and Sons.

Os Fenianos – refere-se ao grupo militante The Fenian Brotherhood ou The Irish Republican Brotherhood (A Irmandade Feniana ou A Irmandade Republicana Irlandesa), fundado em 1858 por James Stephen (1824-1901), para tentar obter a independência da Irlanda por meio da luta armada.

Cripplegate – uma das portas de entrada da cidade de Londres no tempo da dominação romana, construída entre o final do primeiro e o início do segundo século da era cristã.

St. Giles's – a igreja de St. Giles, situada na Fore Street, Londres. A alusão é, provavelmente, à área em que se situa a igreja, conhecida, até a metade do século XIX, por abrigar uma população que morava em cortiços. Essa região é descrita em detalhes no livro *Flush* (Autêntica, 2016, p. 59-60).

Whitechapel – conhecida, no século XIX, como uma região pobre, com uma população vivendo em habitações precárias. Esta área é descrita em detalhes no capítulo 4 de *Flush* (Autêntica, 2016).

Minories – rua situada na parte central de Londres.

a carga do homem branco – alusão ao título do poema "The White Man's Burden" de Rudyard Kipling (1865-1936).

(118) **"A última rosa do verão"** – poema do poeta irlandês Thomas Moore (1779-1852).

"Nunca me afeiçoei a uma terna gazela" – *I never loved a Dear Gazelle*, no original. Verso, ligeiramente modificado, do poema épico *Lalla Rookh*, de Thomas Moore.

"Queria ser uma borboleta" – *I'd be a Butterfly*, no original. Poema do poeta inglês Thomas Haynes Bayly (1797-1839).

"Domine, Britânia" – no original, *Rule Britannia*, hino patriótico inglês.

(119) **Lar, doce Lar** – 'Ome, sweet 'Ome, no original. Canção popular, com letra do poeta americano John Howard Payne (1791-1852) e música do compositor inglês Henry Bishop (1786-1855).

(122) **Shakespeare e os tubos musicais!"** – tubos musicais, *musical glasses* ou *glass harmonica* (variante mais sofisticada do *musical glass*), é um instrumento que consiste num conjunto de tubos de vidro que quando golpeados produzem os sons das respectivas notas da escala musical. A alusão é, aqui, ao romance *The Vicar of Wakefield*, de autoria do escritor anglo-irlandês Oliver Goldsmith (1728-1774), em que duas damas dão como exemplo da vida sofisticada da cidade "pinturas, elegância, Shakespeare, e os tubos musicais [*musical glasses*]".

(123) **"Vinte e quatro melros, enfileirados numa fileira"** – verso da canção infantil "Sing a Song of Sixpence". Os versos seguintes são invenção da própria Isa.

(125) **Lágrimas. Lágrimas. Lágrimas.** – alusão a um verso de "Leaves of Grass", de Walt Whitman: "*Tears! tears! tears! / In the night, in solitude, tears*". A alusão será repetida mais adiante.

(126) **Liga das...** – isto é, Liga das Nações, a entidade criada em 1919 pelo Tratado de Versalhes, com sede em Genebra.

Os martinetes que frequentam os templos – alusão a frase semelhante em Shakespeare, *Macbeth*, Ato 1, Cena 6.

(128) **Rainha Bess** – Elizabeth I (1558-1603).

Para o lar volta o caçador – alusão a um verso do poema "Requiem", de Robert Louis Stevenson (1850-1894).

fé da donzela é rudemente violada – alusão a um verso do Soneto 66 de Shakespeare.

Doce e suave – versos do poema "Sweet and Low", de Alfred Tennyson (1809-1892).

É uma adaga isso – verso do Ato 2, Cena 1, linha 46, de *Macbeth*, de Shakespeare.

Onde a lagarta – segundo a edição de *Between the Acts* reproduzida no livro *Modernism. An Anthology*, já citado, a frase reúne fragmentos de dois poemas de William Blake, "The Sick Rose" e "Auguries of Innocence".

Em tua vontade reside nossa paz.... – alusão a um verso de *Paraíso*, III, 85, de *A divina comédia*: "*E'n la sua voluntad è nostra pace*".

132 **Oh, Senhor, nos proteja e nos salvaguarde das palavras** – alusão a Mateus, 15:11: "não é o que entra pela boca o que contamina o homem, mas o que sai da boca, isto, sim, contamina o homem" (*Bíblia Almeida*).

Preciso ser Thomas, você Jane? – a nota respectiva da edição Cambridge de *Entre os atos* sugere que se trata de alusão ao casal Thomas (1795-1881) e Jane Carlyle (1801-1866), mas também registra que a expressão John Thomas e Lady Jane refere-se, na linguagem popular, aos órgãos sexuais masculino e feminino.

135 **Deus salve o Rei** – "God save the King", o hino nacional da Inglaterra.

139 **É por isso que tenho uma mascote, um macaco** – era costume nos anos 20 e 30 do século XX enfeitar a parte externa do carro com mascotes de animais como o cachorro.

140 **profundamente impregnada** – alusão a versos do poema "Lines Composed a Few Miles Above Tintern Abbey", de Woodsworth (1770-1850).

142 **não poderia o fio azul vir abaixo** – alusão dois versos do soneto XIX, "Silent Noon", do livro *The House of Ligth*, de Dante Gabriel Rossetti (1828-1882): "*Deep in the sun-searched growth the dragon-fly / Hangs like a blue thread loosened from the sky*" ("Fundo na vegetação ensolarada a libélula / Pendura-se como um fio azul solto do céu").

· 169 ·

144 **seu consorte, seu comparsa** – alusão à última linha do poema "Ao leitor", de Charles Baudelaire (1821-1867): "*Hypocrite lecteur! mom semblable! – mon frère*".

"como Vênus" [...] "à sua presa..." – alusão aos versos de Jean Racine (1639-1699), em *Phédre* (*Fedra*), I, 3: "*Ce n'est plus une ardeur dans mes veines cachée: / C'est Vénus toute entiére a sa proie attachée*" (Não é mais um ardor nas minhas veias escondida: / É Vênus ela toda à sua presa agarrada"). Aqui é Virginia, como de costume, quem deixa algo escondido.

150 **carta cruzada** – *criss-cross*, no original. Na Inglaterra do século XIX, para economizar na postagem de cartas, era costume, quando um lado do papel estava cheio, continuar escrevendo neste mesmo lado, mas de través.

ela via o *pageant* desfalecer – alusão ao ato 4, cena 1, versos 156-158 de *The Tempest*, de autoria de Shakespeare.

O de segunda mão – isto é, o jornal, considerado como transmissor de matérias de segunda mão.

152 **no coração das trevas** – possível alusão ao título do livro *Heart of Darkness*, de Joseph Conrad (1857-1924).

Posfácio

Entre os atos e Louis Napoleon Parker – o criador do *pageant* inglês moderno

Ayako Yoshino

Entre os atos é um dos romances mais políticos de Virginia Woolf. Anteriormente criticado por "seu extraordinário vazio, por seu despropósito e sua falta de preocupação por um 'mundo externo'" (F. R. Leavis, 1941), ele é agora geralmente compreendido como uma resposta profundamente consciente ao fascismo, ao patriarcado e ao advento da Segunda Guerra Mundial.[1] Entretanto, ainda que os temas feministas e pacifistas sejam bastante explorados, seu tema central, um *pageant* regional, não é bem compreendido em termos de seu contexto histórico. Os críticos têm se inclinado a vê-lo em termos de tradição.

Alex Zwerdling vê o *pageant* como um símbolo da sociedade inglesa. "O *pageant* tradicional [de *Entre os atos*]", escreve ele, "é contraposto a uma tensão pouco tradicional e a uma expectativa exaltada em muitos dos personagens" (Zwerdling, 1986, p. 303). Para Karen Schneider, a escolha do "*pageant* inglês tradicional" é uma evocação da "tradição pastoral" (Schneider, 1989, p. 101). Outros críticos viram conexões com formas teatrais mais antigas (Melba Cuddy-Keane, 1990; Brenda R. Silver, 1977). O *pageant* de Woolf tem sido interpretado como uma metáfora do drama grego, ou relacionado ao teatro elisabetano, no qual o autor explorava a possibilidade de uma nova comunidade artística e suas implicações políticas. Por mais perspicazes que sejam essas interpretações, elas deixam intacta uma das visões do *pageant* – a de que, em *Entre os atos*, os habitantes do vilarejo estão, ao menos ostensivamente, participando do teatro comunitário tradicional. Na verdade, o *pageant* da época de Woolf não era uma forma tradicional de teatro, e Woolf devia estar consciente disso. O centro da ação em *Entre os atos*, o *pageant*, é uma forma contemporânea e altamente política de teatro que fora "inventada" havia menos de quatro décadas.

Ele começou em 1905, em Sherborne, Dorset, quando Louis Napoleon Parker (1852-1944) dirigiu o primeiro *pageant* moderno e arrebatou a imaginação popular. O *pageant* de Sherborne estava originalmente planejado para envolver cerca de cem pessoas, mas se expandiu para envolver novecentas. Robert Withington, um contemporâneo de Woolf, descreve dramaticamente a situação em seu estudo histórico do *pageant* inglês: "Dez dias antes da encenação, houve o ensaio final; e por acidente estavam presentes dois jornalistas. As notícias publicadas por eles atraíram cinquenta mil pessoas à pequena localidade de Dorset. A Inglaterra inteira pegou fogo" (Withington, 1918-1920, p. 197-198).

Muitas cidades seguiram Sherborne. Oxford teve seu *pageant* em 1907, Winchester em 1908, e em 1909 Bath e Chester foram no mesmo caminho, para nomear apenas alguns dos locais noticiados pelo *Times* nos cinco anos que se seguiram ao de Sherborne. O próprio Parker foi convidado por setenta e três cidades a dirigir seus *pageants* no período dos vinte anos seguintes (*The Times*, 23/7/1925). Desses convites, ele aceitou os de mais cinco cidades: Warwick (1906), Bury St. Edmunds (1907), Dover (1908), Colchester (1909) e York (1909). Todos os seus *pageants* gozaram de alta aclamação crítica, e Parker é lembrado pelos seus contemporâneos, sobretudo, por seus *pageants*.[2] A onda era genuinamente de âmbito nacional. E, antes da Primeira Guerra Mundial, o empreendimento era, com certeza, ambicioso o suficiente para envolver um número imenso de pessoas: só o *pageant* de York atraiu dezesseis mil participantes e meio milhão de espectadores.[3]

Este gigantesco empreendimento era geralmente reconhecido como uma verdadeira invenção pelos contemporâneos. "No início do século", escreve Allardyce Nicoll, "o ativo Louis N. Parker inventou um novo tipo de entretenimento ao ar livre

– o *pageant* cívico" (Nicoll, 1973, p. 130). De igual maneira, o *Times*, em 1944, no obituário de Louis Napoleon Parker, celebra-o como o criador do *pageant* histórico.[4] Withington não só descreve o *pageant* como uma invenção de Parker, mas também tenta traçar uma linha nítida entre o *"pageant* moderno" e o *"pageant* encenado na era moderna", e chama o primeiro de *pageant* parkeriano. De acordo com Withington, o primeiro é "a peça popular que surgiu em 1905" e o último é uma forma teatral "estética" que "existia primariamente como entretenimento" (Withington, 1918-1920, p. 195). Além da distinção em termos de objetivo, outras diferenças notáveis são o tamanho, o envolvimento dos meios de comunicação de massa, tanto o rádio quanto os jornais, e os eventos promovidos fora dos *pageants* em si. Numerosas comemorações comunais eram organizadas em cidades que encenavam *pageants* num esforço consciente para criar, e realmente criavam, a atmosfera de expectativa e solidariedade considerada necessária para um desempenho bem-sucedido.

O *pageant* parkeriano não era simplesmente um movimento popular. O de Oxford envolveu, entre outros, Robert Bridges, Laurence Housman e Arthur Quiller-Couch. Ele tinha, como consultor de música, Sir Hubert Parry (o compositor de "Jerusalém" e uma das figuras importantes do renascimento musical inglês do século vinte, que consistia numa tentativa de criar uma música genuinamente inglesa). No comitê das damas, destacava-se o nome de Lady Ottoline Morrell. O *pageant* de Winchester foi escrito, em partes, por Quiller-Couch, e Henry Newbolt. G. K. Chesterton participou do *pageant* da Igreja da Inglaterra (Chesterton, 1987, p. 350). Mesmo depois da Primeira Guerra Mundial, os *pageants*, com sua popularidade em queda, ainda atraíram para sua causa figuras proeminentes como E. M. Forster e Ralph Vaughan Williams. Virginia Woolf, cujos anos de maturidade coincidiram com o ponto culminante da arte do *pageant*, conhecia muitas pessoas que estavam envolvidas, e seu amigo E. M. Forster pediu-lhe conselhos para o seu segundo *pageant*, na altura em que ela começava a escrever *Pointz Hall,*

· 173 ·

que mais tarde se chamaria *Entre os atos*. O impacto dos *pageants* de Forster sobre *Entre os atos* é, sem sombra de dúvida, significativo, mas é importante compreender que Woolf estava escrevendo num contexto muito mais amplo.

A discussão do *pageant* parkeriano feita por seus contemporâneos deixa claro que ele era visto, inicialmente, como uma forma de drama nacionalista. A ênfase oscilava entre, de um lado, o potencial democrático do *pageant* e seu papel no fortalecimento das comunidades, seu uso como uma ferramenta para o ensino da história local e nacional, e, de outro, como *locus* do sentimento patriótico. A descrição que Withington faz do *pageant* de Sherbone destaca os dois primeiros temas:

> Todas as classes foram convidadas e todas responderam maravilhosamente. Todas as pessoas, do nobre ao operário, e até mesmo o andarilho, participaram, numa posição de absoluta igualdade. Altos dignitários da Igreja da Inglaterra se juntaram a pastores de outras igrejas, e os *pageants* criaram um espírito de camaradagem, empatia e irmandade que não desapareceu da comunidade mesmo depois que o *pageant* se tornara uma coisa do passado (Withington, 1918-1920, p. 202).

No livro *Brother Copas*, de Arthur Quiller-Couch, um romance baseado, em grande medida, na própria experiência do autor como participante do *Pageant* de Winchester (Frederick Brittain, 1947, p. 44), a insistência de Lady Shaftesbury, de que o *pageant* devia ser "um empreendimento verdadeiramente nacional em que não houvesse qualquer distinção de classe" (Quiller-Couch, 1911, p. 254), vai ainda mais longe, ao ecoar a expressão de democracia e solidariedade comunitária de Withington, mas associando-o à identidade nacional. Na cooperação comunitária fomentada pelo gênero do *pageant*, um novo tipo de grupo emergia, um grupo que não era definido por gênero ou classe, mas por região e nacionalidade. O propósito comum pelo qual uma comunidade se esforçava era, aparentemente, uma arte local, mas era também, na verdade, a nação. O prefácio de Parker a *The Book of the York Pageant* é, quanto a isso, revelador:

> O drama que cobre toda a história inglesa desde 800 a.C. até a Grande Rebelião; escrito por ingleses, musicalizado por ingleses, com vestuário feito por ingleses e representado por homens e mulheres ingleses – num total de treze mil – e assistido por mais de meio milhão de espectadores ao longo de doze semanas; o drama que eleva nossa alma a Deus e nosso coração ao Rei – não é ele o Drama Nacional? (Ben Johnson, p. 5).

Michael Woods, um geógrafo histórico, observa que Parker esforçava-se para evitar qualquer controvérsia política da época: "contudo, a despeito desses esforços, os *pageants* eram intrinsecamente políticos" (Woods, 1999, p. 59).

De fato, o entusiasmo pelo *pageant* parkeriano fora, em parte, fortalecido pela ansiedade da Primeira Guerra Mundial – "devemos ser exageradamente meticulosos quando uma causa está em jogo e só Deus sabe quão perto estão os alemães de invadir nosso país?", pergunta Lady Shaftesbury em *Brother Copas*, insistindo que as distinções de classe deveriam ser temporariamente esquecidas – e, sem nenhuma surpresa, o *pageant* foi frequentemente utilizado para a coleta de dinheiro por parte de instituições de caridade envolvidas no esforço de guerra e até mesmo para sustentar a propaganda de guerra tanto na Inglaterra quanto nos Estados Unidos (Withington, 1918-1920, p. 288, nota 1).[5] "O *pageant* era e é a forma perfeita para a propaganda", escreve Jane Marcus (1977), "por parte de revisões populistas da história."

Apesar de sua aparência, o *pageant* da Inglaterra do início do século XX certamente não era um drama comunitário "tradicional". Parker deixou isso claro desde o início:

> Primeiro... eu disse a eles [na reunião em Sherborne] o que, em minha opinião, um *pageant* não é. A saber:
> Não é uma procissão ao ar livre.
> Não é uma celebração.

Não é uma festa operária.

Não é uma festividade.

Não é um festival.

Não é uma procissão motorizada.

Não é um conjunto de quadros vivos.

(Parker, 1928, p. 278)

De fato, não há nenhuma conexão direta entre o *pageant* parkeriano, que era, em grande parte, inspirado pela *Fest-Spiel* e pela *Erinnerung-Spiel* alemãs,[6] e o *pageant* inglês que o precedeu. Parker, originalmente, chamou o *pageant* de Sherborne de *"folk-play"* [peça popular] para logo se dar conta de que as pessoas do vilarejo não compreendiam o nome. Withington descreve a situação:

O sr. Parker foi em busca de outro nome – uma palavra que atraísse todo mundo; e ressuscitou o antigo termo que não significava nada para ninguém, mas que sugeria uma deliciosa mascarada para os atores. Toda sua apatia desapareceu (Withington, 1918-1920, p. 198).

É significativo o fato de que a palavra *pageant* "não significava nada para ninguém" quando Parker adotou o nome. Foi exatamente por causa da ambiguidade do termo que ele pôde criar uma forma de arte segundo o costume da tradição.

A natureza politicamente carregada dessa "tradição inventada" torna-se mais evidente quando lemos os escritos desse período:

A peça é como uma estátua em mármore ou no duradouro bronze, enquanto o *pageant* é como uma imagem modelada na areia para ser levada pela água e perdida para o mundo com a chegada da próxima onda. Mas na direção do aperfeiçoamento cívico o *pageant* é, de longe, a forma mais importante. Ele atrai um grande número de pessoas para uma atividade artística partilhada e, em seu simbolismo e suas alusões históricas, tende a despertar a consciência cívica. Considerado como arte, o *pageant* é, em geral, efêmero, mas, como expressão e inspiração comunal, é um dos desenvolvimentos mais significativos da vida moderna (Sheldon Cheney, 1918, p. 116-117).

Virginia Woolf, uma escritora que não partilhava do nacionalismo jingoísta de sua época, deve ter visto o *pageant* – uma forma de arte explicitamente associada ao orgulho local, ao patriotismo, à caridade e, ocasionalmente, ao esforço de guerra – de uma perspectiva diferente daquela manifestada por Withington ou pelos muitos escritores que viam nele a democracia e a possibilidade de "aperfeiçoamento cívico".

Em seu livro feminista *Três guinéus*, Woolf proclamava o ponto de vista das mulheres contra a guerra, claramente mostrando sua discordância com o prevalente patriotismo da época:

> "Nosso" país tem me tratado, pela maior parte de sua história, como uma escrava; tem me negado a educação e qualquer quota de seus bens. [...] Portanto, se vocês insistem em lutar para me proteger ou proteger o "nosso" país, que fique entendido entre nós, discreta e racionalmente, que vocês estão lutando para gratificar um instinto próprio de seu sexo, de que eu não partilho [...]. [N]a verdade, como mulher, não tenho nenhum país. Como mulher, não quero nenhum país. Como mulher, meu país é o mundo inteiro (Woolf, 2019, p. 118).

Ela, entretanto, foi atraída pela possibilidade de explorar a história inglesa por meio do *pageant*. Ao longo de sua carreira de escritora, a história foi uma de suas grandes preocupações: o que é a história? É uma série da vida dos grandes homens? Quem, então, determina a grandiosidade? Essas são as questões que voltam, com frequência, em seus escritos. Romances como *Orlando* e *Os anos* são os resultados mais óbvios de seu interesse pela história, e o *pageant* parkeriano permitiu-lhe explorar temas similares em *Entre os atos*.

A profunda antipatia de Woolf relativamente ao nacionalismo de sua época fez com ela se recusasse a simplesmente recriar o *pageant* parkeriano.[7] *Entre os atos* está cheio de sátiras conscientes ao nacionalismo frequentemente associado com a invenção de Parker. Escrever um *pageant* tornou-se para ela uma oportunidade de apresentar uma história alternativa. Uma autora e diretora britânica de *pageants*, Mary Kelly, escreveu, em 1936, que um dos conceitos principais do *pageant* no Reino Unido era o de "celebrar homens famosos" (Kelly, 1936, p. 8). Em oposição à sugestão de Kelly, o *pageant* de Woolf, como observou Catherine Wiley, "ostenta um semblante distintamente feminino" (Wiley, 1995, p. 13). Ele representa não uma história militar, mas uma história literária. O *pageant* de *Entre os atos* constantemente contraria a expectativa geral.

Uma vez que Woolf escreveu *Entre os atos* como um romance, e não como uma peça à moda do *pageant*, ela pôde descrever como o drama era realmente representado diante do público. Como produção amadorística, o espetáculo é, em geral, de padrões modestos, e deu a Woolf uma excelente oportunidade para satirizar globalmente o conceito da celebração comunal do país. A Inglaterra é personificada no *pageant* de *Entre os atos* como uma garota que esquece sua fala:

> Senhores nobres e gente do povo, dirijo-me a vós todos...
> Isto era a peça então. Ou era o prólogo?
> Vinde aqui para o nosso festival (prosseguiu ela)
> > Isto é um *pageant*, todos podem ver
> > Extraído da história de nossa ilha.
> > > Sou a Inglaterra....
> "Ela é a Inglaterra", murmuraram. "Começou." "O prólogo", acrescentaram, espiando o programa.
> "Sou a Inglaterra", pipilou de novo; e parou.
> Ela havia esquecido sua fala.
> (*Entre os atos*, p. 56)

Aqui, a garota que faz o papel da Inglaterra surge de uma maneira muito diferente da grandiosidade que ela supostamente representa. Há, por exemplo, um pequeno *pageant* da autoria de Louis N. Parker chamado *The Quest* (*A busca*) em que a Inglaterra também é personificada como uma garota. Entretanto, é flagrante a diferença em comparação com a "Inglaterra" de Woolf:

> *Inglaterra* – Ao chamado da Amizade eu venho. O que queria a senhora?
> *Uma mulher velha* – Esta hesitante donzela teme que esteja sozinha.
> *Inglaterra* – Sozinha na Inglaterra! Em nenhum lugar do mundo
> São os corações tão amáveis, tão prontos a consolar,
> Tão cheios de compaixão!
> *Uma garota* – Ah! Mostre-me mais!
> *Inglaterra* – Venha, País de Gales! Venha, Escócia! Irlanda, não se detenha!
> Venham até mim!
> *Entram o País de Gales, a Escócia e a Irlanda, cada um com seu porta-bandeira.*
> Países pelos quais lutamos: um amor único e universal!
> (Parker, 1925, p. 6)

Ouve-se uma nota irônica similar quando Eliza, a dona da venda do vilarejo, faz o papel da Rainha Elizabeth:

> Todo mundo aplaudia e dava risadas. De trás dos arbustos surgiu a Rainha Elizabeth – Eliza Clark, detentora de uma licença para vender tabaco. Seria ela a sra. Clark do armazém do vilarejo? Ela estava esplendidamente maquiada. [...] E quando subiu no caixote de sabão, no centro, representando talvez um rochedo no oceano, sua estatura fez com que ela parecesse gigantesca. Ela conseguia, no armazém, alcançar uma manta de toucinho ou mover um tonel de azeite com um simples movimento do braço. Por um instante, ela ficou ali postada, eminente, dominante, em cima do caixote de sabão, com as nuvens azuis e velejantes atrás dela. (*Entre os atos*, p. 60)

Os moradores do vilarejo veem Eliza sendo transformada em Rainha Elizabeth. Entretanto, no nível textual, com o óbvio jogo de palavras com o nome, essa cena também reduz a Rainha Elizabeth a Eliza, dona de um armazém. O gesto autoritário de "um simples movimento do braço" se torna, aqui, numa parte do trabalho diário, um movimento ordinário no armazém do vilarejo. Judith Johnston enfatiza que nesse ponto Woolf retrata o período da colonização, ou seja, a colonização do país que produzia o tabaco, a América do Norte (Johnston, 1987, p. 263). O império inteiro também é reduzido ao armazém de um vilarejo. Se o propósito do *pageant* em geral é o de engrandecer a nação, esta cena trai-lhe a intenção.

Além disso, a crença de que o *pageant* é democrático torna-se o alvo do desafio de Woolf. Embora a ideia do *pageant* lhe atraísse, ela não acreditava que o teatro cívico tal como era pudesse romper as barreiras de classe, e isso é claramente visível em seus escritos privados. Em 1940, enquanto ainda trabalhava na escrita de *Entre os atos*, pediram-lhe que escrevesse uma peça local para o *Women's Institute* de Rodmel. Ela não escreveu a peça, mas se envolveu com sua representação. Ironicamente, o teatro amador de Rodmel não provocou nenhum sentimento comunitário caloroso em Woolf. Em vez disso, ele trouxe à tona o que havia de pior nela. No dia 19 de maio de 1940, uma quarta-feira, ela escreveu no diário:

> Então as peças foram ensaiadas aqui, ontem. Minha contribuição à guerra é o sacrifício do prazer: Estou entediada: entediada e horrorizada pelos lugares-comuns e pela trivialidade dessas peças: que eles não conseguem encenar sem a nossa ajuda. Quero dizer, as mentes são tão vulgares. Em comparação com a nossa, como um romance ruim – esta é minha contribuição. (*Diário*, 29/5/1940)

Talvez ela tenha percebido certa discrepância entre o que ela sentia e todo o discurso ligado aos *pageants* naquela época, que exibia uma crença ingênua de que, ao reunir pessoas de todas as classes, a democracia seria revigorada. A consciência de classe de Woolf é, de alguma forma, refletida no romance:

"Bem, estou louca por um chá!", disse ela em seu tom social; e avançou a passos largos. [...] Ela foi a primeira a beber, a primeira a comer. Os moradores ainda hesitavam. "Tenho os olhos voltados para a democracia", concluiu ela. Assim procedeu a sra. Parker, pegando sua caneca. As pessoas olhavam para elas. Elas lideravam; o resto ia atrás. (*Entre os atos*, p. 73)

No que se refere a Woolf, o *pageant* dos vilarejos não era "democrático" no sentido usual da palavra. E ela estava certa em ver aí uma ilusão. O *pageant* podia ter permitido que uma dona de armazém fosse uma rainha, mas quando tudo estivesse terminado, as fronteiras de classe ainda estariam lá. Michael Woods, ao analisar o *pageant* de Taunton, encenado em 1928, concluiu que a despeito do discurso da democracia, os *pageants* do período funcionavam como um meio efetivo de sustentar e reforçar a estrutura elitista local (Woods, 1999, p. 59). "Alguém deve liderar" (*Entre os atos*, p. 47), e havia um fosso entre os que lideravam e os que eram liderados.

A forte liderança de um diretor de *pageant* era, na verdade, um elemento vital de sua versão moderna. Withington observa que "o *pageant* moderno é conduzido pela força do magnetismo pessoal" (Withington, 1918-1920, p. 200). Até mesmo Anthony Parker, o neto de Louis N. Parker, em seu livro sobre o *pageant*, destaca o controle integral exercido pelo diretor. De modo similar, o livro *Brother Copas* apresenta um diretor autoritário, o sr. Isidore Bamberger, um judeu com sotaque germânico. Independentemente do "magnetismo pessoal", Woolf estava consciente do papel do diretor e é possível, inclusive, que ela tenha visto aí um paralelo com a liderança política europeia. A "Mandona" srta. La Trobe, a diretora do *pageant* em *Entre os atos*, começou a dirigir seus *pageants* no mesmo ano em que Hitler chegou ao poder (Johnston, p. 264).

Apresentada como andando "de um lado para o outro", como "um comandante percorrendo a passo o seu convés" (*Entre os atos*, p. 46) e com a "atitude típica de um almirante em seu convés" (p. 46), ela não é muito querida pelos moradores. "Ninguém gostava de receber ordens individualmente". (p. 46-47). O mesmo eco é ouvido quando os moradores, mais tarde, falam sobre a situação política: "E minha filha, que voltou há pouco de Roma, ela diz que as pessoas comuns, nos cafés, odeiam os ditadores...." (p. 85). Embora os moradores do vilarejo não gostem da srta. La Trobe, eles, por outro lado, precisam dela – apenas para "atribuir-lhe a culpa". (p. 47). Como escreveu Woolf no ensaio "Pensamentos sobre a paz durante um ataque aéreo": "Os hitlers são gerados por escravas." (Woolf, 2019, p. 125).

A forte liderança exercida no *pageant* parkeriano permitiu que Woolf explorasse a política da liderança e seu perigo intrínseco. É possível que a caracterização da srta. La Trobe tenha sido, em alguns aspectos, influenciada pela existência de Louis Napoleon Parker, de longe o mais famoso dos diretores de *pageants* da época, assim como pelo nome estrangeiro.

Louis Napoleon Parker nasceu na França, de pais ricos, o pai, americano, a mãe, inglesa. Durante sua infância, a família andou por toda a Europa. Ele recebeu o nome de Louis Napoleon por um incidente. Ele nascera na Normandia enquanto o pai estava viajando. Como a mãe não falasse francês, um cidadão francês assumiu a responsabilidade do batismo, incluindo a tarefa de dar um nome à criança. Apesar de sua apaixonada afeição pela Inglaterra, as pessoas, muitas vezes, suspeitavam de que ele fosse estrangeiro por causa do nome, o que ele deplorou durante toda a vida. Seu passado incomum parece ter criado uma imagem do diretor de *pageant* como uma figura socialmente alienada.

Woolf parece ter se valido dessa marginalidade: pelo nome, a srta. La Trobe não é "aparentemente, inglesa pura" (*Entre os atos*, p. 43). As pessoas perguntavam-se se ela seria das Ilhas do Canal. Alguns suspeitavam que ela tivesse sangue russo. Woolf esforça-se em ampliar sua marginalidade. Com sua "linguagem um tanto pesada", a srta. La Trobe transgride o código comportamental da classe média. Talvez, então, "ela não fosse realmente uma dama?" (p. 43). Seu lesbianismo é insinuado. Dizem que sua casa de chá em Winchester fracassara, depois que ela fora atriz e fracassara. Sua vida com outra atriz também fracassara (p. 43). A srta. La Trobe é um fracasso e uma *outsider*. Ela desaparece assim que o *pageant* termina. Quando o sr. Streatfield tenta agradecer-lhe, ela não está mais lá, deixando, assim, confusos os moradores. "A quem declarar como responsável? A quem agradecer pelo espetáculo? Não havia ninguém?" (p. 135).

Sob a situação política que levou os Woolfs a falarem até mesmo em suicídio, Virginia Woolf retratou um produto cultural popular com um olho satírico. Começando com uma garota inglesa, o *pageant* termina com "qualquer coisa que brilhe o suficiente para, supostamente, refletir a nós mesmos" (p. 127). Em outras palavras, a peça, que começou para educar, termina com a sugestão de uma autorreflexão.

Quase da mesma forma, a srta. La Trobe, que aparece como uma pequena ditadora, começa revelando-se como uma artista em luta contra a expectativa do público. Quando uma pessoa do público, a srta. Mayhew, espera "um Grand Ensemble. O Exército; a Marinha; a Union Jack; e atrás deles talvez [...] a Igreja" (p. 124) para o final, a srta. La Trobe lhes dá "dez min. da época atual. Andorinhas, vacas, etc." (p. 124). Quando "seu joguinho" fracassa, ela diz que "a plateia era o diabo". A despeito do fato de que é a líder, ela se vê como "uma escrava de sua plateia" (p. 68) e sonha em "escrever uma peça sem plateia – *a peça*." (p. 124).

O sonho da srta. La Trobe, de escrever uma peça de teatro sem uma plateia, faz com que ela se aproxime de sua criadora. Para Woolf, a Inglaterra tampouco era "o Exército; a Marinha; a Union Jack". Em 7 de junho de 1938, Woolf escreveu à amiga Ethel Smyth: "Patriotismo. Minha querida E[thel]... é claro que sou 'patriótica': isso é inglês, a língua, as fazendas, os cães, as pessoas" (Woolf, 1994, p. 235). Sim, e andorinhas e vacas? A identidade inglesa, tal como Woolf a entende, é um conceito do dia a dia. Ela está ali quando Lucy Swithin pergunta-se sobre as raízes de velhos dizeres como "bater na madeira" (*Entre os atos*, p. 19).

Está ali no intervalo do *pageant* enquanto os moradores elogiam o chá da sra. Sand – por causa de seu dever para com a sociedade – "por mais repugnante que fosse, feito ferrugem fervida em água" (p. 73). Está ali quando o mugir do gado vem em socorro durante o silêncio mortal que interrompe o *pageant* da srta. La Trobe. "As vacas anulavam a lacuna; atravessavam o fosso; preenchiam o vazio e prolongavam a emoção" (p. 98).

Escrito no início da Segunda Guerra Mundial, o *pageant* de Woolf apresenta uma "história sem o Exército" e timidamente endossa uma visão inclusiva da sociedade. Para dar apenas uns poucos exemplos do texto: A Albert, o idiota do vilarejo, é concedido um papel no *pageant* apesar dos protestos silenciosos dos moradores (p. 62). A homossexualidade de dois dos principais personagens é tolerada. A srta. La Trobe, a orquestradora dessa peça de teatro inclusiva, nem sequer tem um nome inglês, e certamente não é por acaso que nenhum dos principais personagens do romance seja originalmente do vilarejo.[8]

O *pageant* de *Entre os atos* explora, portanto, uma variedade de temas políticos, incluindo a história, a comunidade, o feminismo e, naturalmente, a guerra que se desenvolvia em torno de Woolf quando ela escrevia o romance. É possível que ela também estivesse investigando a noção do próprio teatro, revendo o *pageant* medieval ou o drama grego. Entretanto, é importante enfatizar que, ao escolher o *pageant* como tema de seu romance no final dos anos trinta, Woolf estava se envolvendo numa forma altamente contemporânea e politicamente carregada de teatro: um envolvimento que lhe dava uma poderosa plataforma tanto para criticar a forma do teatro quanto para expor sua própria ideia do significado da identidade inglesa.

Créditos

A versão original deste texto foi escrita para a Modern Language Association, Chicago, 1999. Enquanto escrevia este texto tive o grande prazer de conhecer o trabalho de Joshua

D. Esty sobre o *pageant* moderno: *Amnesia in the Fields: Late Modernism, Late Imperialism, and the English Pageant-Play, ELH*, v. 69, n. 1, 2002, p. 245-276. (Nota da autora.)

A tradução teve como base o texto publicado na revista *Critical Survey*, v. 15, n. 2, p. 49-60, 2003. Ela é aqui publicada com a devida autorização da autora e da revista. Sou-lhes grato por isso. (Nota do tradutor.)

Notas

[1] Veja, por exemplo, Zwerdling, 1985.

[2] Do obituário de Parker no *The Times*, 22 de setembro de 1944: "Todos os seus *pageants* foram triunfos artísticos e financeiros, e a ideia foi adotada por todo o país".

[3] Seu impacto atravessou o Atlântico. Sobre os *pageants* parkerianos nos Estados Unidos ver David Glassberg, 1990; Naima Prevots, 1990.

[4] Do obituário de Parker no *The Times*, 22 de setembro de 1944: "No que concerne ao público seu nome só se tornou familiar quando ele tinha cinquenta e três anos e organizou em Sherborne o primeiro dos *pageants* que se tornaram tão populares durante os próximos dez anos em muitos locais históricos da Inglaterra".

[5] O jornal *The Times* de 23 de julho de 1925, ao registrar o vigésimo aniversário do *pageant* de Sherborne, assim explica o desenvolvimento do gênero: "Durante a guerra os *pageants* adquiriram uma nova forma e um novo propósito e recolheram milhares de libras para os fundos da guerra".

[6] *Fest-Spiel* e *Erinnerung-Spiel* são, respectivamente, peças festivas e peças memoriais.

[7] Por exemplo, Woolf escreve em seu diário: "Não gosto de nenhum dos sentimentos que a guerra provoca: o patriotismo e todas as paródias comunitárias e sentimentais e emocionais de nossos sentimentos reais." (*Diário*, 12/julho/1940).

[8] Como bem observou Gillian Beer, em nota da edição Penguin de *Between the Acts* (p. 134, n. 25), os Olivers são recém-chegados que compraram a propriedade de Pointz Hall juntamente com a história que ela carregava.

Referências bibliográficas

Allardyce Nicoll. *English Drama 1900-1930: The Beginnings of the Modern Period*. London: Cambridge University Press, 1973.

Alex Zwerdling. *Virginia Woolf and the Real World*. Berkeley: University of California Press, 1986.

Anônimo. *The Book of the York Pageant. A dramatic representation of the city's history in seven episodes, from B.C. 800-A.D. 1644*. York: Ben Johnson, 1909.

Arthur Quiller-Couch. *Brother Copas*. J. W. Bristol: Arrowsmith, 1911.

Brenda R. Silver. Virginia Woolf and the Concept of Community: The Elizabethan Playhouse. *Women's Studies*, v. 4, 1977.

Catherine Wiley. Making History Unrepeatable in Virginia Woolf's Between the Acts. *Clio*, v. 25, n. 1, 1995.

David Glassberg. *American Historical Pageantry: The Uses of Tradition in the Early Twentieth Century*. Chapel Hill: University of North Carolina Press, 1990.

F. R. Leavis. After To the Lighthouse. *Scrutiny*, v. XI, 1941.

Frederick Brittain. *Arthur Quiller-Couch: A Biographical Study of Q.* Cambridge: Cambridge University Press, 1947.

G. K. Chesterton. Modern and Ancient Pageants. In: Lawrence J. Clipper (Ed.). *The Collected Works of G.K. Chesterton XXXVIII: The Illustrated London News 1908-1910*. São Francisco: Ignatius, 1987.

Jane Marcus. Some Sources for Between the Acts. *Virginia Woolf Miscellany*, v. 6, 1977.

Judith Johnston. The Remediable Flaw: Revising Cultural History in *Between the Acts'* Virginia. In: Jane Marcus. *Woolf and Bloomsbury*. Bloomington: Indiana University Press, 1987.

Karen Schneider. Of Two Minds: Woolf, the War, and Between the Acts. *JML*, v. 16, n. 1, 1989.

Louis N. Parker. *The Quest: A Pageant for the Girl's Friendly Society, Devised and Produced by Henry Millar*. Oxford, C.A.: Press Cowley, 1925.

Louis Napoleon Parker. *Several of My Lives*. New York: Chapman and Hall, 1928.

Mary Kelly. *How to Make a Pageant*. London: Sir Isaac Pitman & Spns, 1936.

Melba Cuddy-Keane. The Politics of Comic Modes in Virginia Woolf's *Between the Act*. *PMLA*, v. 105, n. 2, 1990.

Michael Woods. Performing Power: Local Politics and the Taunton Pageant of 1928. *Journal of Historical Geography*, v. 25, n. 1, 1999.

Naima Prevots. *American Pageantry: a Movement for Art and Democracy*. Ann Arbor: UMI Research Press, 1990.

Robert Withington. *English Pageantry: An Historical Outline*, vol. 2. Cambridge, MA: Harvard University Press, 1918-1920.

Sheldon Cheney. *The Open-Air Theatre*. New YorK: Mitchell Kennerley, 1918.

Virginia Woolf. Pensamentos sobre a paz durante um ataque aéreo. In: *As mulheres devem chorar... ou se unir contra a guerra*. Belo Horizonte: Autêntica, 2019.

Virginia Woolf. Leave the Letters Till We're Dead. *Collected Letters VI: 1936-1941*, ed. Nigel Nicolson. London: Hogarth Press, 1994.

Virginia Woolf. *The Diary of Virginia Woolf: 1936-41, vol 5*. Ed. Anne Oliver Bell. London: Penguin, 1985.

Virginia Woolf. *Três guinéus*. Belo Horizonte: Autêntica, 2019.

Minibios

Virginia Woolf (1882-1941) é uma das figuras mais importantes do modernismo literário em língua inglesa. *Entre os atos* é o seu último livro, publicado postumamente pela Hogarth Press, em 17 de julho de 1941.

Alexander Calder (1898-1976), escultor americano, é conhecido, sobretudo, por seus móbiles, um dos quais ilustra a capa desta edição. Formado em Engenharia, exerceu ocupações variadas antes de se afirmar como escultor e de inventar a arte da construção de móbiles.

Ayako Yoshino é professora da Universidade de Leeds, Inglaterra. É autora do livro *The Pageant Fever: Local History and Consumerism in Edwardian England* (Tóquio: Waseda University Press, 2011). Sua pesquisa se centra no *pageant* histórico e na cultura popular do início do século XX no Reino Unido e no Japão. Atualmente explora o uso de temas vitorianos e eduardianos na cultura popular japonesa contemporânea.

Tomaz Tadeu é tradutor literário: nada mais que isso. Não tem biografia nem bibliografia.

5 *Entre os atos*

153 *Entre os atos*: a última página

159 Notas

171 Posfácio

188 Minibios

Copyright © 2022 Tomaz Tadeu

Título original: *Between the Acts*

Todos os direitos reservados pela Autêntica Editora Ltda. Nenhuma parte desta publicação poderá ser reproduzida, seja por meios mecânicos, eletrônicos, seja via cópia xerográfica, sem a autorização prévia da Editora.

EDITORAS RESPONSÁVEIS
Rejane Dias
Cecília Martins

REVISÃO
Cecília Martins

CAPA
Diogo Droschi

IMAGEM DE CAPA
Fotografia de Tom Powel Imaging
© Calder Foundation, New York / ARS, NY

DIAGRAMAÇÃO
Waldênia Alvarenga

Dados Internacionais de Catalogação na Publicação (CIP)
(Câmara Brasileira do Livro, SP, Brasil)

Woolf, Virginia, 1882-1941
  Entre os atos / Virginia Woolf ; tradução Tomaz Tadeu ; posfácio Ayako Yoshino. -- Belo Horizonte : Autêntica Editora, 2022. -- (Mimo)

  Título original: *Between the Acts*.
  ISBN 978-65-5928-223-4

  1. Romance inglês I. Yoshino, Ayako. II. Tadeu, Tomaz. III. Título. IV. Série.

22-128139   CDD-823

Índices para catálogo sistemático:
1. Romances : Literatura inglesa 823

Eliete Marques da Silva - Bibliotecária - CRB-8/9380

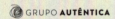

Belo Horizonte
Rua Carlos Turner, 420
Silveira . 31140-520
Belo Horizonte . MG
Tel.: (55 31) 3465 4500

São Paulo
Av. Paulista, 2.073, Conjunto Nacional
Horsa I . Sala 309 . Cerqueira César
01311-940 . São Paulo . SP
Tel.: (55 11) 3034 4468

www.grupoautentica.com.br
SAC: atendimentoleitor@grupoautentica.com.br

昱月

Este é para Charlotte,
que ora chega...

Este livro foi composto com tipografia Bembo e impresso
em papel Pólen Bold 90 g/m² na Ipsis Gráfica e Editora.